はねっかえり女帝
転生して後宮に舞

～皇帝陛下、前世の私を引きずるのはやめてください！～

クレイン

Crane Presents

fairy kiss

この作品はフィクションです。
実際の人物・団体・事件などに一切関係ありません。

はねっかえり女帝は転生して後宮に舞い戻る

～皇帝陛下、前世の私を引きずるのはやめてください！～

fairy kiss

プロローグ　降り積む雪

ふと丸窓の外を舞い散る雪を見やり、雪龍《シュウロン》はかつての日々に思いを寄せる。

『――名の如《ごと》く、そなたは本当に雪のようじゃな』

主君はそう言って、雪龍の銀の髪を優しく愛《いと》おしげに撫《な》でた。

触れるどころか見ることすらも厭《いと》わしいと、その色が抜けたような髪に、誰もが嫌悪感を露《あら》わにするというのに。

主君だけは、いつも美しいと言って気安く剣胼胝《けんだこ》のできた指で梳《す》いてくれた。

『雪《シュウ》、見よ。夕焼けが綺麗《きれい》じゃ。そなたの目の色のようじゃな』

そして血の色が透けていると誰もが眉を顰《ひそ》める彼の目を、まるで宝玉を見るような目でうっとりと覗《のぞ》き込んでくれた。

『そなたは妾《わらわ》の一番の宝じゃ。胸を張るが良い』

自分自身すら信じられない己の価値を、主君だけが信じてくれた。

――雪龍が思う、この世で最も美しいひと。

この人のために己の存在はあるのだと、雪龍は固く信じ込んだ。

主君のためなら、どれほどこの手が汚れようとかまわなかった。

自分は彼女のために生き、彼女のために死ぬのだと固く誓った。

そしてそのことを、疑いもしなかった。

そんな雪龍の主君が亡くなったのは、その年、初めての雪が降った日のことだ。

薄く降り積もった雪の上に、斃《たお》れた彼女の血が、じわじわと広がっていく絶望を覚えている。


踏み躙《にじ》られていない、積もったばかりの真っ白な雪。

彼女の背中に扇状に広がった、射干玉《ぬばたま》の如き黒髪。

助からないと一目でわかってしまう、夥《おびただ》しいほどの赤い鮮血。


その全てが色鮮やかで、悍《おぞ》ましいほどに美しい。彼女の死。

未《いま》だに雪龍の瞼《まぶた》の裏に、鮮烈に焼き付いている。

こうして永遠に輝き続けるのだと固く信じていた雪龍の主君は、儚《はかな》く消えてしまった。

そして彼女の命と共に、雪龍はこの世を生きる理由を、意味を、失ってしまった。

けれども主君が遺《のこ》した腕の中の温かな命が、最期の言葉が、最期の願いが、雪龍が死を選ぶことを許してくれなかった。

どうしても、雪龍に生きることを強《し》いた。

（――だが、もういいだろう？）

自分はもう、十分に待ったはずだ。十分に耐えたはずだ。

――これ以上は、もう無理だ。

彼女を喪《うしな》い、代わりに着せられた龍袍《りゅうほう》が酷く重い。雪龍はもう限界だった。

「――父上」

どこか泣きそうな硬い声がして、雪龍は俯《うつむ》けていた顔を上げた。

被《かぶ》っていた冠の玉が、しゃらりと音を立てる。

「一体何を考えておられるのですか？」

気がつけば、息子は男の声になっていた。

子供の頃の幼い声は、少しだけあの方に似ていたのに。

「……別に、何も」

雪龍が突き放すように言えば、主君の面影を宿す顔が小さく歪《ゆが》む。

息子は何も知る必要がなかった。

ただ、主君から引き継いだものを、受け継いでくれればそれでいい。

湧き上がる胸苦しさを払うように立ち上がると、雪龍は息子に背を向けて、朝議に出るべく歩き出した。

第一章　私、後宮に入りたいんです

「父様ぁぁぁ……！」

ドタバタと廊下を走るけたたましい音と共に己を呼ぶ声が聞こえ、朱浩然《ヂュハオレン》は頭痛を堪《こら》えるように額を押さえた。

浩然が暮らすこの家は、かつてこの辺りで権勢を振るっていたという大貴族の邸宅であり、建造されて百年近くが経《た》つ、無駄に広い木架構建築である。

この地の長官である都督《ととく》として任命された際に、皇帝陛下によって下賜された屋敷だ。

栄華を誇った地方貴族たちは、中央集権を目論《もくろ》んだ先代の皇帝によって領地や財産を接収された。

この屋敷もその一つであるらしい。

柱や梁《はり》はよく乾いた古木でできており、やたらと足音が響く。そう、まさに今のように。

大事な屋敷の床板を踏み抜かんばかりの足音の主ならば、誰かわかっている。

今年十五歳になる末娘の美暁《メイシャオ》だ。

本来なら花も恥じらう年頃の乙女のはずだが、美暁に限ってはそれに該当しない。

毎日息子たちに交じってこの屋敷の中を走り回り、馬を乗りこなし、剣を振り回している有様だ。

そろそろ結婚も考えねばならぬ年齢だが、とてもではないが嫁に出せるような状態ではない。

(何故こんなことになったのだ……?)

確かに随分と遅くにできた子供ではあるが、この困った末娘だけに何か変わった教育を施した記憶も、特別に甘やかした記憶もない。

すでに嫁《か》した上の娘たちと、全く同じ育て方をしたはずである。

だが美暁は三歳の時には、屋敷の庭に入り込んでいた毒蛇を素手で捕まえ絞め殺し、その死体を褒めてくれと言わんばかりに笑顔で父に差し出してくるような娘であった。

もちろん当時、それを見た浩然は腰を抜かした。

隣にいたお姫様育ちの妻は、あまりに雄々しいその娘の姿に、気を失ってその場で倒れた。

異民族との揉《も》め事が多い北部とは違い、浩然が都督を務める西部は商業が盛んな比較的平和な土地である。

つまり浩然には、武の才能どころかわずかな心得すらもなかった。

子供の頃から官吏を目指し、科挙のためひたすら勉強をしていたのだ。

人生のほとんどの時間を机に齧《かじ》り付いて過ごしたという、骨の髄《ずい》まで文官気質な人間である。

よって死んだ毒蛇片手に自慢げに笑う娘に、どうしたら良いのか全くわからなかった。

いっそ隣で気を失っている妻の後を追って、自分も気絶してしまいたかったくらいである。

後にこの毒蛇が、都督である自分の命を狙って放たれたものだと判明した時は、たった三歳の娘によってそれを阻まれた刺客に少々同情してしまったほどだ。

さらには市が立つからと単身で気軽に屋敷を抜け出し街に降りるわ、獣害が酷いから狩りをすると言って弓片手に山に登っていくわと、年頃の貴族の娘としてあり得ない行動ばかりするのだ。

そんな、とんでもなく規格外の娘である。

こんな風に雄叫《おたけ》びを上げて父の部屋に向かってくる時点で、嫌な予感しかしない。

そして間を置かずに重いはずの重厚な木の扉をバァン！　とけたたましい音を立てながら軽々と開き部屋に入ってくる娘は、とても美しい。

そう、その見た目だけは。

完璧に左右対称に整った小さく愛らしい顔。名の如く暁の空のような赤い髪。琥珀《こはく》をそのまま埋め込んだような大きな目。

少々日焼けしているものの、きめ細やかでふっくらとした肌。まるで紅を刷《は》いたかのような血色の良い唇。

容姿だけならば愛しの妻に似て、どこに出しても恥ずかしくない美しい娘である。

だが何故か兄の袍を纏《まと》い、長い髪を男のように一本に結い上げ、腰に剣を吊《つ》るし、父の部屋の扉を足で蹴り開けるという暴挙を平然としている時点で、どこに出しても恥ずかしい娘である。

「……足で父の部屋の扉を蹴り開ける、嫁入り前の娘がどこにいる……！」

「残念ながらここにおります！　申し訳ありません！　両手が塞がっていたもので！」

確かに娘の両腕は塞がっていた。それを見た浩然はまたしても頭を抱える。

美暁がその腕に抱えているのは、これまた女神のように美しい娘だ。

まっすぐで艶《つや》やかな黒髪。翡翠《ひすい》の如く煌《きら》めく瞳。雪のように白い透き通るような肌。誰もが見惚《みと》れる完璧な造形。

浩然の姪《めい》であり、この西州《せいしゅう》一の佳人と名高い翠花《ツイファ》だ。

美暁とは年が近く、まるで姉妹のように育った従姉妹《いとこ》である。

「いい加減そろそろ下ろしてちょうだい。美暁。怖いわ」

怯《おび》えたように美暁に訴えるその姿は、なんとも可憐《かれん》で弱々しい。

今にも落とされそうで怖かったのだろう。小さく震えている。

「…………」

ああ、うちの姪っ子は可愛《かわい》いなあ、娘もこんな感じだったらよかったのになあ、などと浩然は思わず遠い目をしてしまった。

「あ。忘れてた。ごめんね、翠花」

美暁は翠花を床に下ろす。ゆっくりと宝物を扱うように。

ちなみに美暁は女性として、ごく平均的な体格をしている。

だというのに自分よりも若干大きな翠花を、軽々と抱えているのだ。

その細腕のどこにそれを可能とする筋肉があるのか。父は心底謎である。

さりげなく手を差し出し、よろける翠花を支えるその姿は、実に自然で優雅で男前だ。中年男《おっさん》である浩然の胸すら、思わずきゅんとしてしまうほどに。

ああ、うちの娘は本当に格好良いなあ、いっそ男だったらよかったのになあ、などと父はまた遠い目をしてしまった。

男であったのなら、美暁はさぞかし文武両道の優秀な色男となっていたことだろう。

なんせ女性の身であっても、美暁を慕う娘たちが後を絶たないのである。

こんな存在がそばにいたら、現実の男が霞《かす》んで婚期を逃してしまうのではないかと、若き娘たちの父親から苦情が来るほどだ。

「それで父様。今、翠花から、彼女が後宮に入ると聞いたのですが」

「ああ、このたび成人となられる皇太子殿下のために、新たに後宮が開かれるそうだ。我が一族からも娘を差し出さねばならぬゆえ、翠花を行かせることにした」

今の皇帝には諸般の事情により、妃《きさき》が一人もいない。

それどころか後宮自体ほとんど閉鎖されており、先々帝の時代から皇帝に仕える行き場のない年老いた宦官《かんがん》だけが住みついているという状態となっている。

そんな皇帝は、近く成人になる皇太子に生前譲位をする予定らしい。

それに伴い、このたび新たに皇帝となる皇太子のために、閉ざされていた後宮が開かれることとなったのだ。

こうして後宮が開かれるのは、実に二十年以上ぶりのこととなる。

そして勅命により、国全土から官吏や良家の娘たちが後宮に集められることとなった。

特に正四品以上の官吏は、必ず一人は一族の娘を後宮に入れなければならないらしい。

よって、正三品の中都督である朱浩然も、朱家から一人、娘を差し出さなければならなかった。

そこで一族会議の上、朱家からは浩然の弟の娘である翠花を後宮に上げることになったのだ。

するとそれを聞いた美暁は、実に不服そうな顔をした。

「……何故翠花なのですか？　当主の娘で、ちょうど良い年頃の可愛い私がまだ売れ残っているというのに……！」

確かに本来であれば、朱家当主の唯一の未婚の娘である美暁が選ばれるところではある。

「それは翠花がこの州で一番の美姫《びき》で、ありとあらゆる才能に秀でているからだな」

よって朱家一族の総意で後宮に送るのは翠花と決まった。

ちなみにその場で美暁の名を候補にあげる者は、誰一人としていなかった。

「確かに！　ですが、後宮に送る娘に人数制限はなかったはずです。私も一緒に行きたいです！」

「そんな服を着て、馬を駆り、剣を振り回しているお前を、皇帝陛下の御許《みもと》に送れるわけがないだろう！　この馬鹿娘！」

どこに出しても恥ずかしいこんな娘を、後宮になど送れるわけがない。

美暁が後宮で何かをやらかせば、下手をすれば浩然どころか朱一族郎党の首が飛ぶ。

「それも確かに！　ですがそこをなんとか……！　お願いします！」

どうやら娘は、どうしても後宮に行きたいらしい。

煌びやかな世界に憧れる性質《タチ》ではない。不思議に思いつつも、浩然は当然の答えを返した。

「だめだ」

「どうしてですか!?　なんなら私、明日から心を入れ替え生まれ変わりますので！」

適当なことを宣《のたま》う娘に、浩然は深いため息を吐《つ》く。

「後宮に入ったら、お前が何かをやらかしても、私は助けてやれぬのだぞ」

「そもそも何故私が後宮で何かをやらかすことが前提となっているのでしょうか。解《げ》せません」

「どの口が言うのだ！　このじゃじゃ馬娘が！」

確かに美暁はとんでもない困った娘である。だが浩然の愛しい可愛い娘でもある。

「……後宮はお前が思っているような、華々しい場所ではない」

浩然は諭すように言った。

理由なく否定をするのではなく、ちゃんと理解をさせ納得させたいと思ったからだ。

浩然の妻であり、美暁の母である朱夫人は、元々は後宮で生まれ育った公主《こうしゅ》だ。

先の皇帝の命令により朱家に降嫁した彼女は、時折後宮での日々を浩然に話してくれた。

あの場所は煌びやかだが、その実、妬《ねた》み嫉《そね》みの渦巻く女の地獄なのだと。

相手を陥れるための謀略に満ちており、結構ザラに人も死ぬ。自殺他殺なんでもありだ。

それまで皇帝の寵愛《ちょうあい》を受けていた妃が、他の妃に謀られて一転冷宮《れいぐう》送り、なんてこともよくある話だ。

冷宮というのは後宮の外れにある、妃や宮女《きゅうじょ》の懲罰室のような宮だ。

罪を犯した者や、皇帝の不興を買った者などがそこへ送られる。

そして冷宮に送られた妃の末路は、総じて悲惨なものである。

食事も衣装も炭さえもまともに与えられなくなり、下級の宦官や宮女たちにも侮られて玩具のように弄《もてあそ》ばれ、一年も保《も》たずに亡くなる人がほとんどだとか。

気の弱い浩然は、その詳細な嫌がらせの話を聞いて震え上がった。女って怖い。

朱夫人が生まれ育った当時の後宮には、百人を超える妃妾《ひしょう》と、一万人を超える宮女がいた。

その中で、皇帝の寵を受けられるのはごく一握りだ。

だが寵を受けられずとも後宮にいる以上は皇帝の所有物として結婚もできず、皇帝の許可なく後宮を出ることもできない。

たとえ贅沢《ぜいたく》に暮らせても、何も生まない籠の鳥として、生涯を無為に消費することになるのだ。

――果たしてそれは、女性として幸せなのだろうか。

浩然には、とてもそうは思えない。

(……幸せではないからこそ、人を妬み陥れるのだろうな)

妻も、あの場所へはもう二度と帰りたくないと言っていた。

公主という尊い身でありながら、それに驕《おご》ることなく穏やかで優しい性質の妻は、さぞかし辛《つら》い思いをしたのだろう。

自分なんぞには身分不相応な妻であると結婚当初は恐縮していたが、彼女は今、困った娘に悩まされつつも日々幸せそうにしている。

そのことに浩然は心から安堵《あんど》している。

後宮とは、そんな恐ろしい場所なのである。

よほど野心を持った人間でなければ、可愛い娘を送り込もうとは思うまい。

しかも美しく賢く才能に溢《あふ》れた翠花ならばともかく、暴れる汗血馬のような美暁が後宮に入ったところで、皇太子がよほどの下手物好きでもない限り、その寵愛を受けることは難しいだろう。

妻は従順で無知な方が良い。自己主張が強く賢い女は、この国では嫌厭《けんえん》されるものだ。

この明るく元気な娘を、後宮で飼い殺されるのは、父としてごめんだ。

さらに娘が後宮で何かやらかして、連座で罪に問われるのもごめんだ。

つまり浩然は、娘を後宮に行かせるつもりなど毛頭なかった。

「大丈夫です！　父様！　私を信じてください！」

「信じるに値するところが、何一つとしてないわ……！」

「絶対にご迷惑をおかけしないと誓います！　ですからお願いします……！　私、どうしても後宮に入りたいんです……！」

「あの、伯父様。私も美暁がいてくれたら、心強いですわ」

優しい姪の翠花も美暁の肩を持つ。方向性の違うこの美少女を二人並べたら、確かにさぞ眼福であろうが。

「許さん」

それとこれとは別問題なのである。一族の長として、浩然は突っぱねた。

「父様……！　お願いです……！」

だが美暁はしつこかった。逃さんとばかりに浩然の袍の裾をぎゅっと握りしめて、必死に訴えてくる。

振り解《ほど》こうとしても、痩《や》せぎすな文官の浩然にはちっとも振り解けない。

明らかにうら若き乙女の腕力ではない。我が娘、体を鍛えすぎである。

流石にここまで来るとあまりにも不可解で、浩然の中で疑問が湧いてきた。

これまでも美暁が問題児であることは間違いなかったが、問題なのは行動だけであり、何か物を欲しがったり道理の通らない我儘《わがまま》を言ったりするような性質ではなかった。

だというのに目の前の娘からは、これまでにない切実さすら感じる。

こんな美暁の姿を見るのは、初めてだった。

思えば美暁は、幼い頃から不思議とあまり子供らしくない子供だった。

あらゆることに動じない強靭《きょうじん》な精神をしており、達観しているように、そして諦念しているように、常にどこか飄々《ひょうひょう》としていた。

基本的に、何にも執着しないのだ。親として心配になってしまうほどに。

「後宮に入ったらちゃんと大人しくしています。問題だって絶対に起こしません。ですから……！」

だからこそ浩然は、これまでになく必死な娘の様子に逆に不安になった。

このまま娘の望みを無視してはいけないような、そんな予感がするのだ。

（一体なんなのだ……？）

不思議と浩然の悪い予感は、当たることが多い。

旅の予定を嫌な予感がして取りやめたら、乗る予定だった船が沈没したり。

嫌な予感がしたものの、条件が良いからと買った土地が洪水で川底に沈んだり。

予感に従って行動すれば幸運に恵まれ、予感に逆らって行動すれば不運に見舞われる。

そんなことが浩然のさして長くもない人生において何度も起きたため、彼はこの感覚を大切にするようにしていた。

そもそもさして才覚のない浩然が、超難関の科挙を通過し公主を妻とし中都督にまで出世し、さらには国内有数の名家である朱家の当主にまでなったのは、運とその勘の良さのおかげだったとも言える。

だからこそどうしても、娘に感じた違和感を無視することができなかった。

よって浩然は、美暁に機会だけは与えることにした。

「……わかった。ならばお前に、翠花と同程度の教養があるのなら認めてやろう」

そもそも後宮に妃として入るならば、当然として美貌だけではなく、ある程度の教養や才覚がなければ話にならない。

現状の暴れ馬のまま後宮に行かせれば、それはただ朱家の恥になる。

「準備期間として十日やる。それまでに朱家に恥をかかせない程度の成果を見せてみるがいい」

自分で提案しておきながら、まあ無理だろうな、と浩然は思った。

なんせ美暁はそういった淑女の教養全般を面倒くさがって、これまであまり真面目にやってこなかったからだ。

それでも浩然は初めて美暁が執着を見せたものに対し、機会も与えずにただ頭から否定するのは避けたいと思ったのだ。たとえ無理だとわかりきっていても。

浩然は基本的に温厚で、公正な人間だった。そして親として非常に真っ当であった。

「わかりました！　お任せください！　私、やればできる子です！」

だが美暁は怖気付《おじけ》くことなく、またしても胸を張り、適当なことを言って請け負った。

姪の翠花はただ美しいだけでなく、この時代にこの国で女性が求められる教養と才能の全てを持ち合わせていた。

だからこそ彼女なら高位の妃の座が狙えるだろうと、一族の総意で後宮へ送ることを決めたのだ。

そんな翠花に、あんな暴れ馬が敵《かな》うわけがない。

——そう、浩然はおろか朱一族郎党がそう思っていたのだが。

約束の十日後、浩然は奇跡を目の当たりにすることになった。

「嘘《うそ》だろう……?」

なんと美暁は元公主である母に師事し、与えられた十日で詩も刺繍《ししゅう》も舞も楽器も、後宮で必要とされるありとあらゆる技能、および礼儀作法も全てを習得、人前でも完璧にこなしてみせたのだ。

ものによっては、あの翠花を凌駕《りょうが》するほどに。

本家のじゃじゃ馬末姫のご乱心だと、野次馬に来た朱一族の誰もが圧倒され言葉をなくした。

美暁の歌う歌に、美暁の奏でる音に、美暁の舞い踊る姿に、感極まって涙を流す者もいた。

目に見せられた成果に、思わず浩然は呻《うめ》いた。

これは本当にあの美暁なのか。替え玉なのではないのか。

「だから言ったじゃないですか。私、やろうと思えばできるのです。……ただやらないだけで」

だが舞の中でも最も難しいと謂《いわ》れる真剣を使った剣舞を、鮮やかに軽やかに踊り終えて、えへんと自慢げな顔でそんなふざけたことを宣う娘は、間違いなく本人だった。

だったら普段からやってくれ、と浩然は心の中で叫んだ。

そうしたら、どれほど浩然の心配事が減ったことか。

今や随分と減ってしまった髪だって、もう少し残っていたかもしれない。

「旦那様。どうやらうちの末っ子は、天才だったようですの……」

駄目で元々と半分面白がって娘に指導した妻も、酷く驚き狼狽《うろた》えていた。

元々基礎は学んでいたとはいえ、この上達は普通ならあり得ないことだと。

「母様、ご指導ありがとうございます！　おかげで無事後宮に行けそうです！」

美暁が妻に感謝を伝えれば、そんなつもりはなかった彼女は、その場で泣き崩れてしまった。

なんだかんだ文句を言いつつも、妻も遅くにできたこの規格外の末娘を可愛がっていたのだ。

「……あんなところ、全然良いところではないのよ。可愛いあなたが虐《いじ》められそうで心配だわ」

浩然の元へ降嫁するまで、後宮で生まれ育った妻は、その厳しさを身をもって知っている。

将来を案じ、娘を抱きしめてさめざめと泣く妻に、浩然の胸も痛んだ。

「大丈夫です。私は強いので。やり返せます」

さらに阿呆《あほう》なことを宣う娘に、そういう問題ではないと、妻はまた泣いた。

「……仕方あるまいな」

約束は約束である。浩然は深いため息を吐いた。

なんせ美暁は抜け目なく浩然に念書まで書かせていたのだ。無駄に賢い娘である。

よって今更反故《ほご》にすることもできず、浩然は美暁の後宮行きを認めざるを得なかった。

喜ぶ娘に、それでも浩然は往生際悪く苦言を呈《てい》す。

「……後宮は、一度入ってしまえば皇帝の許可なく二度と外へ出ることはできない。――そのことをわかっているのか」

「……もちろんです」

後宮で生活する女性たちは、年に一度だけ家族に会うことができる。

もちろん皇宮にある大殿堂にて、監視のもとであるが。

それ以外に皇帝の許可なく後宮の外に出ることは、一切できない。

離れたくないとばかりに、妻が末娘をさらに強く、愛おしげに抱きしめる。

その姿に、浩然の胸も痛む。

「――つまり私たち家族がお前に会えるのは、年に一回だけになってしまうんだぞ」

「え？　わざわざ毎年都まで会いに来てくださるのですか？」

目を見開き驚いた顔をする美暁に、浩然は泣きそうになった。

彼女は不思議と多くを望まない。何かを与えるたびに大袈裟《おおげさ》に驚き恐縮する。

家族は皆、この自由奔放な娘が大好きだというのに。

ただ与えられることに、いつまでも慣れてくれないのだ。

「当たり前だろう。お前は大切な娘だぞ」

理解ある良い嫁ぎ先が見つからなければ、いっそ一生大事に手元に置こうと妻と決めていた。

風変わりで、けれどもまっすぐな気性の愛しい娘。

込み上げてくるものを堪えきれず、目を潤ませながら浩然が言うと、美暁は頬を赤らめ、「ありがとうございます」と照れくさそうに笑って言った。

朱家は古き名家であり、興《おこ》りはこの奏《そう》国の建国時まで遡《さかのぼ》る。

現当主は現在奏国の西にある商業都市の都督を務め、先々代皇帝の公主を妻としている。

一族は総じて堅実な者が多く、先祖代々積み上げてきた資産は莫大なものとなっており、この国でも有数の富豪となっている。

その朱家の二人の姫君の後宮入りは、実に贅を凝らしたものとなった。

錦織《にしきおり》の絹布《けんぷ》で作られた絹甲の上に、金や銀が施された鎧《よろい》を身に纏った朱家の私兵たちに守られながらゆっくりと進むいくつもの馬車は、やはり漆塗りの車体に金と螺鈿《らでん》で細やかな装飾を施された豪奢《ごうしゃ》なものだ。

見送る者たちに、否《いや》が応でも朱家の財力を見せつける。

最も大きい先頭の馬車には、この地の都督である美暁の父が、そして二台目の馬車には美しく着飾った翠花と、何故か相変わらず男性用の袍を纏った美暁が乗っていた。

美暁のまっすぐな赤い髪は高い位置で一つに結われ背中に流されており、中性的な雰囲気も手伝って、どこから見ても良家の子息である。

そして二人は小さな馬車の窓から、見送る人々に手を振る。

母や兄、嫁した姉たちまでやってきて、家族総出で涙ながらに見送ってくれた。

皆が別れを惜しんで泣いてくれる。そのことに美暁は胸がいっぱいになる。

見送る人々の姿が小さくなり、やがて見えなくなると、それまで美しく背筋を伸ばして微笑《ほほえ》みを浮かべていた翠花が、途端に気怠《けだる》そうに座席の背もたれに寄りかかった。

どうやら人目がなくなったので、猫被りの時間は終了らしい。

「……美暁。あなた、なんでまた男装しているのよ」

呆《あき》れたように翠花は言う。彼女が日々被っている猫の皮と自分の男装は似たようなものだろうと思うのだが。

「移動中の馬車の中ならいいかなと思って。父様も馬車の中ならいいって言うし」

どうせ窓を閉めちゃえば誰も見えないしね、と笑って美暁は翠花を見やる。

彼女は色とりどりに花の紋様が刺繡された胸当ての上に衫《さん》を羽織り、腰高の裙子《スカート》を幾重にも穿《は》き、肩から薄く織られた絹の披帛《ひはく》を掛けている。

複雑に結い上げられた髪には、連なった珠《たま》がいくつも垂れ下がった重そうな簪《かんざし》が何本も挿し込まれており、耳にも同じ意匠の飾りがある。

（……頭は重そうだし、耳朶《みみたぶ》は取れそう）

とにかく女性の衣装はやたらと布が多くてひらひらとして、動きづらいのだ。

元々じっとしていられない性質の美暁が、できる限り着たくないと思ってしまうのは仕方のないことだと思う。

一度男性の袍の快適さに慣れてしまうと、なかなかあの格好には戻れないものだ。

「必要に迫られたらちゃんと着るよ」

「そうしてちょうだい。流石にそのままの姿で入宮しようものなら、他人のふりをするわよ」

「可愛い妹に対して、姉様ったら酷い……！」

「誰が妹よ。気持ちが悪いわ……！」

この後宮入りに伴い、箔《はく》をつけるために、翠花は朱家当主である浩然の養女となった。

よって美暁が義理の妹であることに間違いはないのだが、それは翠花にとって受け入れ難い事態らしい。

翠花の不服そうな顔に、美暁は揶揄《からか》うように笑う。

「私は翠花が姉様になってくれて、とても嬉《うれ》しいけれど」

「はいはい。おべっかはいらないわよ。それから悪いけれど、私は真剣に皇太子妃の、ひいては皇后の座を狙っているの。くれぐれも邪魔はしないでちょうだいね」

そう言って翠花は、開いた扇を口元に当て、艶《あで》やかに微笑んでみせた。

今日も花のように美しい。そう、その見た目だけは。まさに天女《てんにょ》さながらである。

だが彼女の本質は、薔薇《ばら》のように棘《とげ》だらけだ。

朱家の当主であり養父でもある浩然の前ではお淑《しと》やかかつ健気《けなげ》な娘を演じている翠花だが、実際のところは非常に気が強く毒舌な上に、計算高く欲深い娘であったりする。

どうせ後宮に入るならば皇太子妃に、そしていずれは国母になって皇后にと、後宮の天辺《てっぺん》を狙う気満々である。

美暁は思わず拍手してしまった。流石は我が姉、我が親友である。潔くて格好良い。

「きっと翠花なら、素晴らしい皇后陛下になれると思う。私、応援するよ」

そんな呑気《のんき》な美暁の言葉に、翠花は不可解そうな顔をした。

「あのねえ、あなたもこれから皇太子殿下の妃候補として後宮に入るのよ。つまり私たちはいずれ同じ夫を持つことになるの」

そして翠花は小さく唇を噛《か》んでから、また口を開いた。

「……私とあなたは従姉妹であり親友である前に、皇太子殿下の寵愛を競い合う敵同士ということよ。わかっているの？」

そう、ここから一人の男を取り合って、血で血を洗う女の戦いが始まるはずなのである。

自分で言っておきながら、翠花がわずかに傷ついたような顔をする。

仲の良い従姉妹であり親友である美暁と、本当は競い合いたくなどないのだろう。

だというのに、美暁があまりにも呑気にしているため、苛立《いらだ》っているらしい。

「……うーん。実は私、皇太子殿下の妃の座は狙ってないんだよね。もちろん殿下にはぜひお会いしたいと思っているけれど」

美暁の言葉に、この阿呆は一体何を言い出すのかと、翠花はその柳眉《りゅうび》を顰めた。

やはり美人は顔を歪めても美人であると、美暁はうっとりと彼女に見惚れてしまう。

翠花は普段は花のように笑っているくせに、美暁の前では全く本性を隠す気がないのだ。

それはきっと信頼されているということなのだろう。多分。

「だって、皇太子殿下はまだ御歳十六歳でしょう?」

「……そうね」

「そして残念ながら、私は年上の男性が好きで、三十五歳以上の男性じゃないと恋愛対象にならないんだよね。よって皇太子殿下は恋愛対象外であって……」

「…………は?」

翠花の口から、思わず間抜けな声が漏《も》れる。

「だからね。私の狙いは皇太子殿下ではなく、皇帝陛下なんだ」

てへっと照れたように笑いながらの美暁の言葉に、翠花は目を大きく見開き、それから顔を盛大に引き攣《つ》らせた。

侍女たちがよく言うところの、ドン引き、という表情である。

どうやら親友が、枯れた男好きだとは知らなかったらしい。

「実は私、皇帝陛下の大信奉者《ファン》で。皇帝陛下にお会いしたいから、どうしても後宮に入りたかったんだよね」

親友のまさかの皇太子殿下をすっ飛ばしての皇帝陛下狙いに、翠花は頭を抱え込んでしまった。

「本当にあなた、馬鹿なの？　馬鹿なんでしょう？　皇帝陛下はあり得ないわ」

ちなみに現皇帝陛下は、御年三十五歳であり、確かに美暁の恋愛対象ではある。

父親のような年齢の男は全くもって恋愛対象外な翠花からすると、心底理解ができないが。

まあ、そこは個人の嗜好《しこう》だ。好きにすればいいと思う。だが、問題は年齢のことだけではない。

皇帝陛下は帝位にある間、妃を迎えないと公言している。――何故ならば。

「陛下は先の皇帝陛下の喪に服され、ずっと操立《みさおだ》てしておられるのよ。あなたなんて相手にしてくださるわけがないでしょう？」

現在の皇帝は、直系ではない。わずかながら皇家の血は継いでいるものの、傍系の人間だ。

この国の先代皇帝は女帝であった。現皇帝は先帝の夫であった人物である。

先の皇帝は女性の身でありながら、皇帝に相応《ふさわ》しい者だけが抜くことができるという伝説の生ける宝剣『七星龍剣《チーシンロンジエン》』の主人となり、他の有力な皇族を皆殺しにして帝位についたという曰《いわ》く付きの血濡れた暴君であり、傾きかけたこの国を立て直した名君でもある。

北から侵入してくる騎馬民族を追い払い、国中の火種を打ち払い、数多《あまた》の武勲をあげ、禁軍の後ろ盾を得て叛乱《はんらん》を起こし、父であった当時の皇帝を弑虐《しいぎゃく》して玉座についた。

そしてこのたび成人を迎え、後宮を開くという皇太子は、先帝と現皇帝との間に生まれた皇子《みこ》であり、唯一残された直系である。

今の皇帝は所詮、皇太子が成人し即位するまでの中継ぎに過ぎないのだ。

後継問題を煩雑にしないため、そして亡き主君であり妻であった先帝の喪に服し操を立てて、皇帝はこれまで一人たりとも妃を娶《めと》っていない。

噂《うわさ》によると、身の回りの世話も全て宦官たちにやらせ、一切女性を近づけないらしい。

そんな皇帝を、美暁は狙っているのである。

「いや、やっぱりどう考えても無理でしょう」

「えー。難攻不落であるからこそ、攻め甲斐《がい》があるというもので」

「戦ではないのよ。冗談はやめてちょうだい。不敬罪で首を切られても知らないわよ」

「陛下はお優しいから、そんなことはなさらないと思うけれど」

「は？　それどこの情報？　陛下の為された血の粛清を知らないの？　どれだけの皇族と貴族が残酷に処刑されたことか」

翠花が身を抱きしめるようにして、大袈裟に体をぶるりと震えさせた。

現皇帝の妻であった先代皇帝は、当時の中書令《ちゅうしょれい》によって暗殺された。

それに怒り狂った現皇帝は、暗殺に関わった者たちを悉《ことごと》く殺し尽くした。筆舌に尽くし難いほどに残酷に。

恨みもあったのだろうし、見せしめの意味もあったのだろう。

それにより、皇帝に逆らう者はいなくなった。

今も恐怖をもって、彼はこの国を支配している。

「皇太子殿下は穏やかな方だと聞くけれど、皇帝陛下は雪よりも冷たく厳しいお方だというわ。お優しいだなんて話、聞いたことがない」

心底呆れた様子の翠花に、本当のことなのになあ、と美暁は困ったように笑う。

『――立て続けの公務でお疲れでしょう？　今庭園で芍薬《しゃくやく》が綺麗に咲いているんです。気晴らしに一緒に見に行きませんか？』

そう言って、差し伸べられた紅葉のような可愛い手を覚えている。

緊張して震えながら請う声も、真っ赤になった可愛い耳も。

――そう、あの子はとても優しい子だったのだ。

第二章　前世の夫に会いました

「すごいわね……」


十日ほどかけてようやくたどり着いた都で、翠花が圧倒されたように、掠《かす》れた声でこぼした。

美暁はその隣で、目の前に現れた皇宮を眺める。

壮麗で美しいその建物は、端から端までを目で追うことができないほどに大きい。

だというのにどこもかしこも緻密に彫られた彫刻で装飾されていて、皇宮自体が芸術品のような美しさだ。


「本当、無駄に大きいよねぇ……」


この巨大な皇宮を維持するために、どれだけの金と人員がかかることか。

そんな風にまず具体的な数字を考えてしまう自分は、さぞ可愛げがないことだろう。

まあ無駄と言っては無駄だが、威信というものが大事な場面もある。

隣でその壮麗さに圧倒されている翠花が、良い例だろう。

人は視覚から、多くの情報を読み取るものだ。

この皇宮は皇帝がどれだけの力を持っているのかを、見せつけるための装置でもあるのだ。

「ここからは別行動だ。お前たちはこのまま後宮へ。私は明日陛下との謁見があるので一度別邸に帰る」

浩然は、何やら死にそうな顔をしていた。

「陛下との謁見なんて何年ぶりだ……。ご不興を買ったらどうしよう……。突然さくっと首を切られたりなんかしたら……」

などと言って、怯え震えている。気の弱い父である。

「大丈夫ですよ、父様。陛下はお優しい人ですから」

「娘よそれ、どこ情報!?」

やはり誰も信じてくれないと、美暁は少々肩を落とす。

皇帝陛下の悪評は、随分と人々の間に定着してしまっているようだ。

浩然が一つ深いため息を吐き、それからがしっと強く美暁の肩を摑《つか》んだ。

「いいか、美暁。絶対問題を起こすなよ。お前の肩に朱一族全員の命がかかっているんだからな」

「いやあ、そんな大袈裟な……」

「大袈裟じゃないから！　ね？」

決死の表情の浩然に、美暁は「気をつけます」と素直に言った。

美暁とて父には感謝しかなく、極力迷惑はかけたくないのだ。

彼は本当に優しく、そして真っ当な人である。どうかこのまま一生、幸せに暮らしてほしい。

「ここに入ってしまったら最後、どんなに辛いことがあっても、私は助けてやれぬ。翠花と支え合って頑張るのだぞ」

「はい」

「……それでもどうにもならなかったら、手紙を寄越しなさい。なんとか内侍省《ないじしょう》に繋《つな》ぎを取ろう」

「ありがとうございます。父様……。大好きです……！」

内侍省とは後宮を管轄《かんかつ》する部署だ。後宮へ介入しようとするのなら、そこを通すしかない。

だが機密性の高い部署であり、繋ぎなどそう簡単に取れるものではない。

美暁はたまらなくなり、浩然に抱きついた。

生来気の弱い父がそこまで言ってくれることが、嬉しくてたまらなかったのだ。

「これ、年頃の娘がはしたない……」

そう言いながらも、背中に手が回される。顔を見合わせれば、浩然の目は潤んでいた。

名残惜しそうな父と別れ、見上げるほど高い門を潜《くぐ》れば、そこに長蛇の列ができていた。

全国から妃候補や宮女たちが集められたのだろう。厳しく持ち物や身体の検査が行われている。

ただ入宮するだけでも相当な時間がかかりそうだ。

後宮に入るべく並ぶ女たちは皆美しく着飾っており、堂々として自信に満ち溢れた様子の者もいれば、周囲を見渡しおどおどとしている者もいる。

「多いわね……一体どれくらい、女たちが集められたのかしら」

「思ったより全然少ないよ。多分今日来たのはごく一部じゃないかな」

「ええ……？　そうなの……？」

微笑みを浮かべながらも、翠花が緊張して、珍しく身を硬くしている。

全国から美しい女性が一斉に掻《か》き集められていることは知っていたはずなのに、実際にその人数を目の当たりにして、怖気付いてしまったのだろう。

元よりやる気のない美暁とは違い、彼女は高位の妃の座を狙っている。

その目標が思った以上に難しいことを、見せつけられてしまったようだ。

確かにこんなに多くの女性がいては、皇太子の目の端に映ることすら難しいかもしれない。

（毎日一人ずつ寝所に呼んだって、一体何日かかることやら……）

やはりはっきり言って、無駄である。これだけの人数を国庫で養うことも、後宮に閉じ込めることでこれだけの人的資源を失うことも。

（もういっそ、この後宮の制度自体、やめてしまえばいいのに……）

美暁は呆れてため息を吐いた。

おそらくこれもまた、皇帝の威信を示すための装置なのだろうと思うが。

あまりにも金と人的資源を無駄にしている。費用対効果が悪すぎる。

（妃なんてせいぜい数人で十分だろうに。あまりにももったいないよね……）

皇帝である以上後継は必要であろうが、流石に百人を超える妻は必要ないだろう。

おそらく昔、この国に好色の皇帝がいて、己の欲望のままに作り上げたものが制度として残ってしまったのだろう。

悪習というものは、蓋を開いてみたら大体下らない理由で定着しているものである。

長い時間をかけて列に並び、検問を終え、後宮で与えられた部屋にたどり着いた時には、もう陽《ひ》が陰っていた。

同郷であるからか、美暁と翠花の部屋は隣同士となり、それぞれに宮女も付けられた。

互いに己の侍女は連れてこなかった。共に後宮に入れば最後、彼女たちまでもが皇帝の持ち物となり、ここから出るには皇帝の許可が必要となってしまうからだ。

自分たちの都合に、家族ある侍女たちを巻き込みたくはなかった。

美暁付きの宮女は小蘭《シャオラン》という名の、一つ年下の少女だ。

「家が貧乏で、親に結納金が準備できないと言われまして！　それなら後宮に入って働こうと思いまして！」

あっけらかんとそんなことを言う彼女はなんでも下級官吏の娘で、自分の他に六人も姉妹がいるらしく親が結納金を払えず結婚が望めないので、だったら後宮で食べさせてもらおうと思って宮女になったらしい。

なるほど、後宮はこうした貧しい少女たちの受け皿にもなっているのだと、美暁は後宮の全てを無駄だと切り捨てた己の認識を、少し改める。

彼女は目端が利き、独楽鼠《こまねずみ》のように働いてくれるので、見ていて何やら愛らしい。

「……それにしても。美しい方ばかりだったわね」

ようやく落ち着き小蘭が淹《い》れてくれたお茶を啜《すす》っていると、またしても翠花が暗い顔でそんなことをぼやきだした。

確かにこの部屋に来るまでに幾人かの妃候補、および宮女たちとすれ違ったが、皆一族の期待を背にやってきたからか美女揃《ぞろ》いであった。

それで翠花は、すっかり自信をなくしてしまったらしい。

特に帝都出身かと思われる女たちは、皆お洒落《しゃれ》で洗練されているように見えた。

――自分たちのような、田舎者よりもずっと。

「あの、戸部尚書《こぶしょうしょ》のご令嬢だったかしら。とてもお美しかったわ」

「姜麗華《チアンリンホア》だっけ。あの派手な感じの」

確かに戸部尚書のご令嬢とやらも美しかったが、あれは化粧と衣装の力も大いにあった。

美暁からすれば、天然美少女である翠花に軍配が上がる。

そもそも見た限りでは翠花を超える美姫は、いなかったように思う。

普段自信満々なくせに、ちょっとしたことですぐに自信をなくしてしまう翠花が、面倒くさくてなんとも可愛い。

美暁は小さく笑って、指先で落ち込む彼女の顎《あご》をついっと持ち上げ優しく言った。

「――大丈夫。翠花の方が綺麗だよ」

女を誑《たら》し込む、女衒《ぜげん》のような甘い声で。そういうのは得意である。

「……そうかしら？」

「そうだよ」

「……そうよね。この美貌、この才能。私が選ばれるに決まっているわ」

「よし、その調子だ」

いつも通りの下らないやりとりに、二人は顔を見合わせて笑い合う。

なんだかんだ言って二人は子供の頃からの付き合いであり、本当の姉妹のように育ってきたため、互いが一番の理解者なのだ。

そんな二人の戯れを見ていた小蘭は、何やら顔を真っ赤にしている。

初心《うぶ》な彼女には、少々刺激が強かったらしい。

「……美暁。あなたもいつも、そういう格好をしていればいいのに」

後宮に入宮するにあたり、美暁も飾り気はないものの、ちゃんと女性の衣装を身につけていた。

流石に皇帝と皇太子と宦官以外の男は入れない後宮に、男装で乗り込むわけにはいかない。

「動きづらいし着るのに時間がかかるし、必要のない時は嫌だなあ……」

裾を摘《つ》まんでひらひらとさせながら、美暁は小さくため息を吐く。

美暁は合理主義で、徹底的に無駄なことが嫌いだ。

身を飾ることは、正直煩《わずら》わしいことでしかない。
だが着飾ったその姿はどこか中性的だが、他の妃候補たちに引けを取らない程度には美しい。
中身さえまともなら……！　と父である浩然が思うのも、無理なきことなのである。
「それに最近は都でも、女性が胡服《こふく》と呼ばれる北側の少数民族の服を着て、男装するのが流行《はや》って
いるらしいよ。つまり私は流行の最先端だったということだよね。もしかしたらそのうち後宮でも
男装が許可されるんじゃないかな」
「ただのずぼら女が何を偉そうに宣っているのよ。浩然様も仰《おっしゃ》っていたけれど、あなたは朱家の名
を背負ってここにいるということを、くれぐれも忘れないでちょうだい」
「はい。仰る通りです。すみません」
もっともらしいことを言って自己正当化をしてみたら叱られた。今日も従姉妹兼親友が手厳しい。
だが言っていることは至極真っ当であったので、美暁は素直に謝った。
確かにこれからこの後宮で、妃候補たちは家柄と美貌と才能、そして皇太子の寵愛によって選抜
されることになる。
皇后を頂点にして、四人の妃に九人の嬪《ひん》、さらにその下に二十七世婦《せいふ》までを妃妾とし、それ以下
の八十一御妻《みめ》以降は女官としてこの後宮で働くことになる。
後宮に住む女たちは、容赦なく格付けされることになるのだ。
よって高い地位につくためには、少しの瑕疵《かし》も失敗も許されない。

ここは生き馬の目を抜くような、女の戦場なのだから。

「……まずは少なくとも、嬪には入るわよ」

「うん。その調子だ」

いきなりの正二品狙いである。そもそも九人しかなれない嬪に選ばれることも非常に難しいのだが、それを最低限と言ってのけるあたりが、翠花らしい。

「そしていずれは御子を産んで、皇后の座を狙うのよ」

「うん。それでいい」

つまりそれはこの国における、最も高貴な女性になるということで。

流石の翠花である。自信を取り戻したようで何よりだ。

きっと彼女なら、美しく賢い皇后になるだろう。ぜひ応援したい。

「皇太子殿下になんとか直接お会いする機会はないかしら？　なんとかして他の妃候補を出し抜きたいの」

「うーん。その翠花の手段を選ばないところ、好きだなあ……」

美暁はしみじみと言った。翠花ときたら、見た目は可憐な花のようで、その芯は鋼鉄でできているのだ。

皇太子と直接会うことができれば、その美貌と才覚で落とせる自信があるらしい。

だが確かにこれくらいの強さがないと、一国の皇后は務まるまい。美暁はうんうんと頷《うなず》く。

「あのねえ美暁。随分と呑気にしているけれど、朱家当主の娘として、あなたもある程度は高い地位につかないと、浩然様に申し訳が立たないわよ」

無理を言って後宮に来たのだから、それなりに成果は出せということらしい。

「いやあ、とりあえず女官になれればいいかなと思って。私は後宮にいられればそれでいいし」

今回集められた女たちは、妃妾になれなければ女官となり、尚と呼ばれる六つの部門別に分けられ、働くことになる。

それとは別に細々した仕事をする宮女がおり、そちらは比較的身分の低い者たちで構成されている。

もちろん宮女から皇帝に見初められ、妃嬪に成り上がる者もいる。

ここは案外努力と運で、どうとでもなる場所なのだ。

「どうせ女官になるなら、女官長を狙うくらいの気概は見せなさいよ」

「そんな無茶な……。翠花がお妃様になって取り立ててくれるのを狙っているのに……」

「あなたねえ……。もう少し自分の力で頑張りなさいよ。本当に世話が焼けるったら」

他力本願の美暁に、呆れたようにため息を吐く翠花。

だが彼女はこれで、情が深くて世話好きだ。決して美暁のことを見捨てたりはしないだろう。

「あはは。ごめん。ありがとう」

美暁がへらりと笑えば、翠花は少しだけ顔を赤くした。

「……でもね。あなたがいてくれて、本当はとても心強いの」

そして、ぽつりと小さな声で本音をこぼしてくれた。

本来なら翠花は、朱家から一人でこの後宮に来るはずだったのだ。

確かにそれは、たった十五歳の少女にとって、過酷な状況だっただろう。

美暁は翠花を優しく抱きしめて笑う。翠花は大好きな従姉妹であり親友だ。

強気なくせにたまにこうしてぽろりと素直に弱い姿を見せてくれるところも、ぐっとくる。

きっと皇太子殿下だって、ぐっとくるに違いない。

——もし自分と、趣味嗜好が似ているのなら。

「そうだね。私も翠花と一緒にいられて嬉しいよ」

それぞれ親によって決められた見知らぬ男のところに嫁がされ、滅多に会えなくなるよりも。

たとえ皇太子の寵愛を得られずとも、こうして仲の良い友人と二人、後宮で楽しく呑気に暮らせるのなら、それはそれで幸せだと美暁は言った。

(……まあ、多分、そんなことにはならないだろうけれども)

なんせ美暁は、人を見る目だけは、ちょっと自信があるのだ。

「……勝手なことを言わないでちょうだい。私はちゃんと皇太子殿下の寵を得るわよ!」

「うんうん。期待してる」

心なしか少し尖《とが》った翠花の唇を見て、美暁は適当に答えて小さく笑った。

長旅に加え、慣れない場所で気を張っていたこともあってか、疲れていたらしい翠花は、今日はもう休みたいと言って、その後すぐに私室に戻っていった。

明日は妃候補たちの身体検診がある。後宮に病を持ち込まないよう、厳しく確認されるのだ。うっかり寝不足で、病気持ちとでも診断されてしまったら大変だ。ぜひゆっくり休んでほしい。

美暁もまた疲れてはいたが、妙に興奮して目が冴《さ》えてしまい、すぐには眠れそうになかった。

（ちょっとだけ、散歩しようかな）

美暁は、後宮内を見学することにした。少しでも体を動かせば、眠気がやってくるかもしれない。小蘭に聞いてみたところ、皇帝や皇太子の私的な宮、もしくは妃候補や宮女の私室以外であれば、後宮内は自由に出歩いていいらしい。

美暁は自室を出て、陽が傾き随分と薄暗くなった後宮の廊下を一人歩く。

（……懐かしいなぁ）

周囲を見渡しながら美暁は思う。美暁に残る一番古い記憶は、この後宮だ。

それは美暁が、この世に生まれ出《い》づる前のこと。

（とうとう、帰ってきた）

今から三十年以上昔。違う名前の人間の、違う人生を生きていた頃の記憶だ。

（……あの頃は、もっとずっとうるさかったけれど）

妃嬪たちが、少しでも皇帝の気を引こうとしたのだろう。

宮ごとに違う音楽が奏でられており、やたらと騒がしかった。

一つ一つは素晴らしい音であっただろうそれらは、重なることで不協和音となって酷く耳障りだった。

何事も度を過ぎるのは良くないのだなあと、つくづく思ったものだ。

当時の皇帝は、呆れるほど淫蕩《いんとう》の限りを尽くしていた。いわゆる酒池肉林というやつである。

後宮には一万人を超える女たちが暮らしており、彼女たちの生活の維持に湯水のように国費が使われていた。

玉や絹が山のように積まれ、食べられもしない大量の料理が卓に並べられ、各地の酒が湯水のように杯に注《つ》がれていた。

皇宮の外では民が飢え、病が流行り、死が蔓延《まんえん》していたというのに。

(国民のことなど、まるで見えていなかったのだろうなあ)

美暁のかつての生は、そんな後宮の片隅で、息を潜めて生きている公主だった。

母は、酒の席で戯れに皇帝のお手つきになった宮女だ。

皇帝の手つきとなると、宦官の手によって宮女は腕の内側に落ちにくい塗料でその日付と印を入れられる。

そうすることで、妊娠の可能性がある宮女を管理するのだ。

その印を自慢げに見せびらかす宮女を、前世の自分は見苦しいことだと酷く冷めた目で見ていたものである。

母もまた、そういった宮女の一人だった。

それなりに野望を持って後宮に入った母は、皇帝の子を孕《はら》んだと知った時、狂喜乱舞したらしい。

これで宮女ではなく、妃妾の地位を得られるに違いないと。

――だがそんな彼女の願いむなしく、生まれたのは、女児だった。

もし生まれたのが継承権を持つ皇子であったなら、確かに母は妃妾の地位を手に入れることができたかもしれない。

けれども後宮に数多いる公主が一人増えただけでは、彼女の待遇は一切変わらなかった。

鬱屈《うっくつ》した場所では、出る杭《くい》は打たれるものだ。

ざまあみろと、後宮の女たちの誰もが母を嘲笑《あざわら》った。

身分の卑しい宮女の分際で、皇帝の寵を得て子を孕んだと、いい気になって自慢していた彼女を。

もし母がもう少し謙虚な人間性の持ち主であったのならば、また状況は違っていたかもしれない。

結局その後、新たな花を摘むことに忙しい皇帝から、母が再び召されることはなかった。

きっと皇帝は、戯れに手をつけた宮女が産んだ公主など、顔どころか名前さえも知らなかっただろう。

そして当然のように、母が抱えた憤りは、弱い娘の元へと向かった。

お前が男だったらよかったのに。いっそお前など生まれなければよかったのに。

幼い公主は、母に恨み言を吹き込まれ続けた。時に感情的に当たり散らされることもあった。

どんなに愚かであろうと、どれほど害悪でしかなくとも、幼い公主にとって母は母。

どうしても母に縋《すが》り、その愛を求めずにはいられなかった。

本来あるべき正しい親から子への愛情を知った今ならば、己が蒔《ま》いた種だろうと母を嘲笑ってやることができるのに。

母の身分は卑しくとも一応その娘は皇帝の血を引いた公主であったため、衣食住に困ることはなく、教育も与えられた。

母に振り向いてほしくて、公主は必死に舞や歌に打ち込み、学問を頭に詰め込んだ。

優秀であれば、少しでも愛してもらえるかもしれないと、そう思ったのだ。

けれどもそんな公主の健気な思いは届くことなく、結局母は死ぬまで娘を愛することはなかった。

ある日公主を折檻《せっかん》する姿を他の宮女に見られ、それを後宮の秩序を司る宮正に告発され、母は皇族不敬罪で断罪されて冷宮へと放り込まれることになったのだ。

たとえ卑しい腹から産まれようと、あくまでも公主は皇族である。

母親であろうと宮女如きが、手を上げていい相手ではなかったのだ。

だがそのことを互いに認識しておらず、母は公主を己の所有物のように扱い暴力を振るい、公主は娘として母からの暴力に耐えていた。

冷宮に入れられた母は、深く絶望した。

なんせ冷宮を生きて出られた女は、この国の長い歴史上でもほとんどいないのだ。

これ以上の惨めな思いはしたくなかったのだろう。結局娘である公主へ謝罪の言葉も愛の言葉も残すことなく、母は自ら命を絶った。

彼女は、自分しか愛せない人だったのだろう。母に愛されたいとした、公主の行動の全てが無駄に終わってしまった。

あまりの報われなさに、当時は酷い無力感を覚えたものだが。

(……今となってはよかったのかもしれない)

その前世における努力は今世において、後宮に行くための課題をこなすために非常に役立った。舞も歌も詩も礼儀作法も。元々魂に知識や経験として持っていたかつての技能は、多少の振り返りで取り返すことができた。

おかげで十日ほどでどうにかできたのだから、今になって前世の自分を褒めてやりたい気分だ。

(この世に無駄なことなんて、何もないのかもしれないな)

結局公主は後宮で、誰からも顧みられることのないまま、いずれは皇帝にとって都合の良い適当な貴族か官吏のところへ、降嫁させられるだけの人生を送る予定だった。

――だがそんな公主の運命は、唐突に狂うことになる。

それは皇帝を始めとする全皇族が集まる、新年を祝う宴《うたげ》。

十二歳になった公主が、初めて参加したその席で。

皇帝が腰に吊るしていた宝剣が、突然皇族の末席にいた公主に話しかけてきたのだ。

——我が主人、と。

その剣はおよそ三百年前、この国を建国した初代皇帝が、神から与えられたものだという。

自らの意思を持つ、生ける剣。

剣に選ばれし者でなければ、その剣を鞘《さや》から抜くことができない。

そして剣に選ばれた者が、次の皇帝になると言い伝えられている。

だが宝剣を鞘から抜ける者は初代皇帝以降現れず、宝剣は即位の際に新たな皇帝に引き渡されるだけの、儀式剣に成り果てていた。

もちろん剣に選ばれし者が皇帝となる、というしきたりも形骸化《けいがいか》していた。

だというのに宝剣は突如父である皇帝の腰から勝手に外れ、公主の元へふわりと飛んできたのだ。

公主は宝剣に請われるまま、彼を鞘から抜いた。

そして宝剣はあっさりと、数百年ぶりに虹色に輝くその刀身を衆目に晒《さら》したのだ。

目の前で起きた奇跡に、祝宴の場は騒然とした。

公の場で、突然後ろ盾のない幼い公主が皇帝の宝剣、七星龍剣《チーシンロンジエン》の正当な主人であると知れ渡ってしまったのだ。

その後公主は初代皇帝が制定した国法に則《のっと》り、七星龍剣の主人として次期皇帝である皇太女の座を得た。

だがもちろんこの国において、女の皇帝など前例がない。

女は男よりも劣り、男の庇護《ひご》のもと、男に仕えるものという思想が一般的であった。

今や神格化されている初代皇帝の、七星龍剣の下した選定は何よりも優先せよという勅命がなければ、公主が皇太女になることはなかっただろう。

初の女性の次期皇帝ということで、公主は周囲から大きな反感を買うこととなり、父である皇帝からも己の帝位を脅《おびや》かす者として、警戒の目を向けられるようになった。

そして北の異民族が国境を越えた時、貧困に耐えかねて民による叛乱が起きた時、公主は父たる皇帝にその平定を命じられ、将として戦場に送られるようになった。

これまで剣を持ったことも、兵法を学んだこともない公主が。

――ただ、宝剣の主人であるという理由だけで。

おそらく皇帝は、そして政府高官や高位貴族たちは、そのまま公主が戦場で戦死することを望んでいたのだろう。

そして死んだ後に適当な神として封じ、美談化してしまえばいいとでも思っていたに違いない。

けれども公主は彼らの期待を裏切り、しぶとく生き残った。

そして生まれて初めて後宮を出た公主は、いかにこの国が乱れているかを知ってしまった。

このままでは国が滅ぶ。だからこそ七星龍剣が、新たな皇帝として己を選んだのだと。

（……別に皇帝になんて、なりたいわけではなかったのにね）

美暁は乾いた笑いをこぼす。

それでもこの国を救うため、無辜《むこ》の民を救うため、公主は立ち上がるしかなかった。

そして若き公主は簒奪《さんだつ》に手を染め、父を殺し異母兄たちを殺し、この国の皇帝となった。

女帝であるがゆえに後宮に数多いた妃も宮女も不要となり、少なくない慰労金を持たせ全員を実家へ帰した。

わずかに残った異母姉たちは、それぞれ忠実な臣下たちの元へ嫁がせた。

この際に、美暁の母もまた朱家に嫁いだのだ。

己の身を嘆き悲しむ他の公主たちとは違い、生まれて初めて後宮の外へ出ることに対する好奇心で、目をきらきらと輝かせていた若き日の母の姿を、うっすらと覚えている。

（まさか生まれ変わって、その娘として生まれるとは思わなかったけど）

ふふっと笑って、美暁は母のおっとりとした顔を思い出す。

母は美暁を心から慈しんで育ててくれた。前世では終《つい》ぞもらえなかった母の愛情をくれた。

遺恨を残さないため、異母姉もまた全て処刑すべきという意見もあったのだが、つくづくあの時、彼女を殺さなくてよかったと思う。

そしてこの後宮は一部を除き放置されたため、一時は寂れて廃墟《はいきょ》のようになっていたのだが。

今日からまた使われ始めた部屋からは灯りが漏れ、時折女性の喋《しゃべ》る声が聞こえる。

それでもかつてと比べればずっと静かな廊下を、美暁は極力足音を立てずに歩いた。

やがて後宮の端に広がる庭園に面した、外廊下へと出た。

（……まだ、あるのかな）

そこでふと思いついた美暁は、廊下の欄干《らんかん》をふわりと飛び越えて庭園に降りる。

そこには美しく手入れされた植木に囲まれた池があり、その周囲には葉の一枚も落ちていない整備された散策のための道がある。

その道に沿って歩き、奥まった場所にある、池の畔《ほとり》へと向かう。

やがて古びた小さな四阿《あずまや》が現れた。

（あった……！）

もうとっくに取り壊されていると思っていた。思わず美暁の顔が綻《ほころ》ぶ。

そこはかつて皇帝だった自分が、密《ひそ》かに息抜きに来ていた場所。

誰にも会いたくない時や仕事をさぼりたい時などに籠っていた、秘密の場所だ。

美暁はそっと入り口の観音開きの木の扉を引いた。

すると実にあっさりとその扉は開き、美暁はわずかに目を見開く。

開く際に特に耳障りな音がしなかった。つまりは蝶番《ちょうつがい》が錆《さ》びついていないということだ。

どうやらこの四阿は少なからず人の出入りがあり、管理もちゃんとされているらしい。

四阿の中は相変わらず狭く、成人男性がかろうじて横になれる程度の広さしかない。

だが埃《ほこり》一つ落ちておらず、部屋中央には囲炉裏や鉄瓶、茶器までもが美しく整えられている。

（……なんだか私が使っていた時よりも、住環境が整っている気が……）

そして奥の壁には一幅の絵が飾られていた。絵の中にいるのは、一人の女性。

――真っ白な肌に漆黒の髪。海を思わせる、深い青の目。

「……うぅ」

その絵を見た瞬間、美暁は思わず苦悶《くもん》の声を漏らしてしまった。

絵の中にいたのは、先帝である『奏凜風《ソウリンファ》』。――そう、かつての自分であった。

生前、姿絵はほとんど残していなかったはずだが、即位時に建国時から続く伝統だからどうしてもと臣下たちに泣きつかれて、仕方なく一枚だけ姿を描かせたことがあった。

おそらくこれは、その時の絵だろう。

（なんでこんなところに……）

本物は歴代皇帝の絵と共に主殿に飾られているはずだから、これはおそらく写しだ。

絵の中にはかつての自分が、抜き身の宝剣を手にまっすぐこちらを向いている。

（でもこれはちょっと……いや、かなり美化してるよね……。まあ、仕方ないけど）

面倒くさがって描き上がった絵の確認もしなかったことを、今更になって若干悔やむ。

この国で皇帝をしていた時は、戦場を這《は》いずり回っていたため、体中傷だらけだった。

だが絵の中にいる自分は、傷一つないつるりとした雪のような白い肌をしている。

もちろん剣を握りすぎて胼胝だらけのごつごつしていたはずの手も、白魚のようなほっそりとした美しい手に描き換えられていた。

男性であれば、傷も手も勇ましさの象徴として描き残されていたのだろうが。

あくまでも女性としての美を追求して、その絵は描かれていた。

皇帝として生きていた軌跡を否定されたような気がして、美暁はなんとも言えない気持ちになる。

(でもまあ確かに、美女だったってことにしとけば、なんとなくありがたみが増すもんね……)

傾きかけた国を立て直し、若くして志半ばで凶刃に斃れ命を落とした、悲運の美しき女帝。

後世に語り継ぐ物語の題材として、悪くない。

女だてらに泥くさく生きてきた真実など、残したところでなんの意味も旨味《うまみ》もあるまい。

美暁は飴《あめ》色に磨かれた木の床に腰をかけて、目を瞑《つむ》り、深く息を吸う。

微《かす》かに、懐かしい香の匂いがする。

(……ここに、来ることがあるのかな)

この香りを纏っていた人を覚えている。

前世の自分が唯一この場所を教えた人。

忙しい日々を送っているだろうから、そう凜風のことを思い出すこともないだろうけれど。

(まあ、完全に忘れ去られていたら、ちょっと寂しいけど)

「――何者だ?」

そんな風に美暁が感傷に浸っていると、突然声をかけられ、背中に硬く尖った何かが当てられた。

その感触に覚えがある。かつての体に何度も何度も突き立てられたもの。

――――おそらくは、剣先。

（なんで⁉　全然気配がしなかったのに……！）

他人の気配に聡《さと》い美暁が、背中を取られるまで全く気がつかなかった。

つまり相手はとんでもない手練《てだ》れの剣士だ。死の恐怖に美暁の全身が粟《あわ》立つ。

（でも待って……！）

背後から聞こえたのは、聞き覚えのある男性の声だった。

そしてここは、女しか入ることのできない後宮である。

さらには、この後宮で帯剣できるのは皇族のみ。――つまり後ろにいるのは。

（皇帝陛下か皇太子殿下……！）

弾《はじ》き出された答えに、美暁は悲鳴を上げそうになった。

どちらにせよ、彼らと顔を合わせるための心の準備が、まだできていないのに。

（しかも刺客だと思われているっぽいし……！）

とりあえずなんとかうまく言い訳をし、身の潔白と人畜無害であることを主張しなければなるまい。

「も、申し訳ございません。私は朱家から参りました、朱美暁と申します。庭園を散策していましたところ、偶然この四阿を見つけて、好奇心からつい中を覗いてしまったのです」

立ち入り禁止とも書いてありませんでしたし、と美暁が上ずる声で必死に言い訳すれば、警戒を解いたのか、背中から剣先が下ろされる。

「ああ、そういえば今日から後宮が開放されたのだったな」

そして彼は気怠そうな声で、そう言った。

向けられた殺気も和らぎ、美暁はほうっと一つ安堵の息を吐いた。

よかった。会いたかった人に、会って早々うっかり斬り殺されてしまうところだった。

恐る恐る振り向けば、そこには想定通り、簡素な格好をした美しい一人の男がいた。

その姿を目に捉えた瞬間。美暁の魂が震えた。

(……雪)

——かつての夫であり、そしてこの国の現皇帝『奏雪龍』。

美暁は目に焼き付けるように、彼を見つめた。十数年ぶりに会った、愛しい夫を。

完璧に左右対称に、非の打ちどころがなく整った顔。

背中を流れる艶やかな銀の髪は、首元で緩く一つに纏められており、紅玉のような赤い目が、美暁を睨《にら》みつけている。

思わず、その愛しくも懐かしい姿に見惚れてしまった。

美暁の不躾《ぶしつけ》な視線に、雪龍はさらに不快げに眉間の皺《しわ》を深くする。

「……あ、あの、美しい絵ですね！」

美暁は取り繕うように慌ててへらりと笑うと、かつての己の姿絵を見やって口走った。

確かに美しい絵ではある。正しく女性らしく描かれた、美人画。

残念なのは、描かれているのがかつての自分であることで、さらには実物よりも少々……ではなくかなり色々と美化されていることだが。

「…………」

すると雪龍は虚《うつろ》な目で、美暁と同じように姿絵を見やった。

「……ええと、その、私の想像していた先帝陛下のお姿とは、少し……いえ、大分違いますが」

流石にこの絵を自分だと言い張るのは、烏滸《おこ》がましい気がして、つい言い訳じみたことを口にしてしまう。

「……仕方がないだろう。あの方は姿絵をこれしか遺してくださらなかったのだ」

どうやら彼も、この絵が真実の姿ではないとわかっているようだ。

それはそうだろう。雪龍とは随分と長い間、共に時を過ごしたのだから。

先帝『凜風』の本来の姿を、知らないわけがない。

「あのお方は、こんな絵よりも、遥《はる》かにお美しかった……」

「ふへ……？」

雪龍の想定外の言葉に、美暁は思わず間抜けな声を出してしまい、慌てて口を噤《つぐ》んだ。

どうしよう。実は皇帝陛下、目に重篤《じゅうとく》な疾患《しっかん》を抱えているのかもしれない。

だってどこからどう見たって、実物より絵の方が圧倒的に美しいのだ。

なんせ当の本人が言うのだから、間違いない。

（……まあ、死んだ後って大体美化されるものだしね……！）

思い出とは、基本的に美化されるものである。

それがもう二度と手の届かないものになってしまえば、なおのこと。

凜風の姿もまた、死んだ途端に雪龍の記憶の中で、絶世の美女に書き換えられてしまったのかもしれない。少々無茶があるとは思うが。

それでも彼の目が心配になり、思わず彼の顔を覗き込んだ美暁は何も言えなくなってしまった。

そこにはべっとりと深い絶望と孤独が貼り付いていた。わずかな光も見出《みいだ》せないほどの。

「……だがあの方を偲《しの》べるものが、もう他にないのだ」

だから仕方がないのだと、無表情のまま淡々と雪龍は言った。

彼の右の瞼が、微かに震えている。

それは彼が子供の頃から、寂しい時に無意識のうちにする仕草だった。

だからかつては彼の瞼が震えるたびに、よく抱きしめて慰めてやったものだ。

（……馬鹿だなあ……本当に）

確かに完全に忘れられたら寂しいとは思った。

だがこんな風に引きずって、苦しんでほしかったわけではない。

たまに思い出して、懐かしんでくれたらそれでいいと思っていたのに。

(あんなどうしようもない女のことなんてとっとと忘れて、幸せになってくれたらよかったのに)

今もなお、それほどまでに雪龍を苦しめる女は、ただ、彼を利用しただけだ。

美暁はかつての自分の罪に、小さく身を震わせた。

雪龍が美暁の前世である先帝『凜風』の夫となったのは、彼の意志ではなく、凜風の身勝手な事情からだ。

父も異母兄も皆殺しにして、血みどろの皇位継承権争いに決着をつけて、凜風が第十八代皇帝の座についたのは、十七歳の頃のことだった。

国は混迷を極めており、凜風は数多の軍功と宝剣をもって禁軍を掌握、有力貴族たちを武力で押さえ付け、独裁体制をとって国の立て直しを図った。

そんな強引な凜風が目障りで厭わしかったのだろうし、七星龍剣の主人とはいえ、たった十七歳の少女を皇帝として戴《いただ》くことに対する抵抗や嫌悪もあったのだろう。

貴族や臣下たちは、こぞって彼女を結婚させようとした。

『この世における女人の主たる役割は、嫁して夫を支え、子をもうけることでございます』

早々に生き残った皇家の傍流から婿を迎え、帝位を夫に引き渡し、皇后となって後継となる子供を産むべきであると。それが正しいことなのだと。皆が口々に言った。

それを聞いた凜風は怒り狂った。ふざけるな、と思った。

何故己が必死に勝ち取ったものを、女だからという理由で、夫となる男に無償で引き渡さねばならないのか。

忠実なる臣下だと思っていた中書令や将軍にまで結婚を勧められ、凜風は苛立った。

殺し尽くしたせいで、皇帝の直系はもはや、降嫁した公主たちと皇帝である凜風しかいない。

彼らとしても少しでも早く、そして多く後継を得たかったのだろう。

誰もが自分を退位させようとしているように感じ、凜風は疑心暗鬼になった。

元々皇帝の地位を望んだわけではない。

だが自分が必死に作り上げたものを、男というだけで信用できぬ他人に委ねるなど冗談ではない。

凜風の背には、先帝の悪政により虐げられた民草が乗っているのだ。

今更無責任に彼らを放り出すことなど、絶対にできなかった。

（だったら今すぐ帝位を継ぐことも、子供を作ることもできない相手を夫にすればいい）

そして単純な彼女が思いついたのは、幼い子供を夫とすることだった。

これなら当然のこととして、しばらくは後継ができなくても文句は言われないだろうし、すぐに皇帝の座を夫に引き渡せとも言われないだろう。

高官や高位貴族から渡された婿候補たちの釣書を見て、その家系図を浚《さら》い、凜風が白羽の矢を立てたのが、当時まだ十歳の雪龍だった。

銀の髪と赤い目をしたその少年は、その生まれ持った色から家の恥と家族に嫌厭され、なんの教育も受けられず、蔵に閉じ込められて生きていたらしい。

その存在を知った時、凜風は歓喜した。

彼は凜風が求める夫の条件に、悉く合致していたからだ。

（……何も知らない、真っ白な心を持った子供がいい）

生まれたばかりの雛《ひな》が、初めて見たものを親と思い込むように。

愛情に飢えた物を知らぬ子供であれば、自分の都合の良いように育て操れるに違いないと。

我ながら醜悪《しゅうあく》なことだと思う。人の心はないのかと思う。浅はかにも程がある。

だが傲慢にも皇帝である自分には、それが許されると思っていたのだ。

そして凜風はなんの罪悪感もなく彼を選んだ。むしろ、哀れな子供に慈悲を施すような気持ちで。

――ただ、結婚を急《せ》かす臣下への当てつけのために。

突然の皇帝からの呼び出しに真っ青な顔をした父親によって、引きずられるように連れてこられた雪龍は、艶のないくすんだ銀の髪をしており、裾から覗く腕は病的なまでに細かった。

教育どころか、まともに食事も与えられていないようだった。

礼も知らないのだろう。父親の手によって、頭を床に押し付けられて床に平伏している。

皇帝の前に出すため、慌てて誂《あつら》われたのであろう衣装が、その細い首と肩には酷く重そうに見える。

愛されていない、哀れな子供。どうしても、その姿が己の子供時代に重なった。

かつての自分の方が衣食住に不自由がなかった分、まだマシだろう。

腹立たしさに、凜風は思わず目の前にいる彼の父親を、冷たい目で睨みつけてしまった。

『恐れながら陛下……！　こんなものよりも、長子の方が……！』

さらに父親は、元々の婿候補だった雪龍の兄を果敢に売り込んできた。

確かに兄もそれなりに優秀な人間であるようだが、若くして女遊びが激しく、親の金で遊郭に通い詰めていると聞く。

皇帝の夫としては、あまりにも不適格な人間だ。

『妾はまだそなたに顔を上げる許可も、口を開く許可も与えていないが。――実に不快じゃ』

さらに目に力を入れて睨みつけ、ぴしゃりと言ってやれば、雪龍の父親は『ひぃ』とみっともない声を上げて慌てて平伏した。

『そなたはいらぬ。その子を置いてとっとと失《う》せるが良い』

そう言って、父親を叩《たた》き出すと、相変わらず床に伏せたままの雪龍の元へ向かう。

『面《おもて》を上げよ』

凜風が声をかけるが、雪龍は顔を上げようとしない。

『どうした？　顔を見せよと言うておる』

重ねて声をかけるが、それでも雪龍は頑《かたく》なに顔を上げようとはしない。

『わたしのめは、きみのわるいいろなのです』

そして小さな拙い発音のたどたどしい声で、そう答えた。凜風の胸が酷く傷んだ。

きっと彼は、親に、兄弟に、そう言われ続けて育ったのだろう。

『へいかに、きみのわるいおもいをさせたくはありません』

目の前に揃えられた、枯れ枝のような指先が震えていた。

『良いから顔を上げよ。妾にその目を見せておくれ。命令じゃ』

妾はこの国の皇帝ぞ。妾の命令は絶対じゃ。

彼がこれ以上萎縮しないよう、笑い含みに言ってやれば、ようやくその小さな頭が恐る恐るながらも上げられた。

『まあ……！』

凜風の口から、思わず感嘆の声が漏れた。

それほどまでに、雪龍の目が美しかったからだ。

怯えを含んだその赤い目は、わずかに潤み煌めいていた。

凜風はつかつかと足音高く雪龍の元に近づき、その顔をがっと両手で押さえ付け、じいっと彼の目を覗き込んだ。

『これは美しいな……！　妾の好きな紅玉のようじゃ！』

雪龍は何が起こったのかわからないらしく、呆然《ぼうぜん》としている。

『いけません。へいかのおてがよごれます……！』

雪龍のその言種《いいぐさ》に、凜風の眉が大きく顰められる。

きっと家族に、これまで穢《けが》らわしいものとして扱われてきたのだろう。

やっぱりあの家を滅ぼしてやろうかな、などと凜風は思う。

血に塗《まみ》れた手は今更だ。多少増えたところで問題あるまい。

生まれ持ったどうにもならないもので、こんなにも人は扱いを変えられてしまう。

女だったという理由で、母から疎まれた自分もまたそうだ。

軍を率いて自分を見下した者たちを悉く殺し尽くし、ようやく自分に自信が持てたのだ。

『だから美しいと言っている。どこも汚くなどないぞ』

おそらく皇宮に来る前によく洗われたのだろう。汚いところなどどこもなかった。

『そんな……』

『妾が美しいと言っているなら美しいのじゃ。審美眼には自信があるぞ』

紅玉の目が涙で潤んだ。きらきらと輝いてさらに美しく見える。

『ありがとう……ございます』

震える小さな声で発されたお礼の言葉に、気を良くした凜風は雪龍の前にしゃがみ込んだ。

背後から『いけません！』等、侍従の制止する声が聞こえたが、無視をする。

なんせこれからこの少年は、凜風の夫になるのだから。

『そなた、妾の夫になってはくれぬか？』

凜風の言葉に、雪龍はそれでなくても大きい目を、さらに大きく見開いた。

こんな年増《としま》の女から突然求婚され、さぞ驚いていることだろう。

『なぜ、わたしを……？』

『妾はこの皇宮で、一人でも心から信じられる人間が欲しいのじゃ』

徐々に凜風に懐かせ、忠誠心を培わせ、決して裏切らぬよう己に依存させてしまえばいい。

幼ければ幼いほど、それは容易《たやす》いはずだ。

『……そなたがなってくれぬか？』

その時、雪龍の目に、ほんの少しだけ光が宿った気がした。

ひとりぼっちの寂しい子供に呪いをかけるのは、酷く容易なことだった。

自分を暗い蔵から連れ出してくれた凜風を、雪龍が神のように崇《あが》めるのも、仕方のないことだったろう。

『そなたを夫とすれば、しばらく子を産まなくとも文句は言われぬだろう？　子を孕む前に、妾にはなせねばならぬことがある。もしその間に他に好きな娘ができたら、捨ててやるからいつでも言うが良いぞ』

『そんなひと、できません。わたしにはりんふぁさまだけです』

拙い口調で耳を赤くしつつそんなことを言ってくれる雪龍は、とてつもなく尊かった。

（愛《う》いのう……！　やっぱり男は年下に限るな……！）

常に隙あらば見下してこようとする可愛げのない年上の男《おっさん》に囲まれて過ごしている凜風にとって、幼い雪龍は癒しであった。

『どうじゃ！　お前たちの望み通り、結婚してやったぞ。喜ぶが良い』

そんなことを偉そうに言う凜風に、臣下や貴族たちは『子供を夫にするなどと』と呆れ、怒り狂った。

だが凜風は、それらを一笑に付してやった。

『亡くなった父上もそなたたちも、やたらと若い女が好きではないか。だったら妾が若い男が好きなのも、なんらおかしい話ではあるまいに』

それにたった七歳の歳の差だぞ？　可愛いものだろう？　などと言ってにっこりと凜風が小首を傾《かし》げて微笑めば、重臣たちは何も言えずに押し黙った。

なんせ彼らの妻や抱えている妾《めかけ》たちは皆若く、親子どころか祖父と孫くらいに年下であることも珍しくない。

だったら皇帝たる凜風が同じことをしたところで、なんの問題もあるまい。

そもそも男なら許されるのに、女では許されないというその理屈がわからない。

というわけで、凜風は若すぎる夫を、常に侍《はべ》らせるようになった。

おかげで皇帝陛下は稚児趣味である、などと陰口を叩かれたが、痛くも痒《かゆ》くもなかった。

凜風を貶《けな》す前に、己の身を恥じて省みろとしか思わない。

すると臣下たちは、今度は愛人を持てと言い出した。

かつてこの国の皇太后が、幼くして帝位についた子の皇帝に代わり、垂簾《すいれん》越しに政治を行ったことがあった。

彼女はまるで自身が皇帝であるかのように振る舞い、後宮に若く美しい男を千人以上集め、遊蕩に浸ったという。

彼らは凜風にそれと同じことをして、とっとと子を孕め、と言うのだ。

だから凜風は可愛らしく小首を傾げて言ってやった。

『貞女は二夫に見《まみ》えずと言うであろう？　妾は雪龍に貞淑でいたいのじゃ』

我ながら、天才的な返しであったと今でも思う。

その時の苦虫を嚙み潰したような、臣下たちの情けない顔といったら。

やたらと女にばかり貞節を求めてくる男どもへの当てつけにもなって、凜風はご満悦であった。

そして凜風は雪龍が成人するまでの残された時間で、ありとあらゆる方向から恨まれ疎まれながらも必死に国を立て直した。

地方行政制度を見直し、現地の貴族たちが牛耳る腐敗した地方行政を梃入《てこい》れし、中央政府が任命し派遣した官吏が各地を治めるようにした。

これにより力をつけすぎた地方貴族たちを、排除することに成功した。

北側から国境を侵す異民族たちも、圧倒的な武力をもって叩き潰した。

そして恭順を示さぬ者は、容赦なく悉く排除した。

我ながら一生懸命頑張ったと思うが、手段を選ばぬ冷酷な独裁者であったこともまた事実だ。

血に酔っていたわけではない。ただ、他に方法がなく、そして他にそれをできる人間がいなかったから、するしかなかった。

そんな誰もが恐れる血塗れの女帝を、けれども雪龍は心から慕ってくれた。

彼の無知に付け込み、適度な愛情を教えたことで、雪龍は実に思い通りに育ってくれた。

だからこそ凜風もまた、雪龍を弟のように可愛がった。

家族のいない二人は、互いを家族にして、慰め合いながら日々を生きた。

『必ずや、凜風様に恥じぬ男になってみせます！』

皇帝である妻に相応しい夫になろうと、純真な雪龍は努力を重ねた。

剣術に、学問に、寝食を忘れて打ち込んだ。

そんな彼を公務が終わった後、無理やり食事を取らせ、寝台に引きずり込んで寝かしつけるのは、凜風の妻としての役目だった。

雪龍はあっという間にすくすくと育ち、たったの二年で凜風の身長を抜かし、剣術では天才的な才を見せ、学問も吸い込むように我が物とした。

（妾の可愛い雪が男になってしまった……！）

ものの数年ですっかり男の顔になった雪龍に衝撃を受けつつも、凜風は少しずつ彼に公務を任せるようになった。

『私の全ては、あなたのものですから』

成長した暁には、解放してやってもいいと思っていたのに。

雪龍は決して凜風のそばを離れようとはせず、ただただ尽くしてくれた。

二人が正しく夫婦になったのは、そんな雪龍が十八になった頃のこと。

ひたすらに愛を捧《ささ》げてくれた彼に、凜風がとうとう折れた形であった。

在位十年を目の前にして、国も落ち着いてきていたため、時期的にもよかった。

寝所を共にするようになってまもなく凜風は懐妊し、雪龍と中書令に多くの政務を任せ、穏やかに妊娠期間を過ごした。

ずっと、怒濤《どとう》の人生だった。こんなにもゆっくりとした時間を過ごしたのは、あの時が生まれて初めてだったかもしれない。

思い通りにならない体調で、日々大きくなる腹を撫でて、話しかけた。

過保護な雪龍も公務が終わればすぐに凜風の元へすっ飛んできて、ずっとそばにいてくれた。

全てが順風満帆だった。こんな幸せな時間を、凜風は他に知らない。

――だからこそ、気が緩んでしまったのだろう。

息子を産み落としたその日。凜風は殺された。

難産となり二日以上陣痛に苦しんだ末に、なんとか出産を終え、心身共に疲れ切った無防備な状況で。

その時に限って、宝剣は雪龍に預けていた。

人の命を奪う刃物は、命を誕生させる場に持ち込んではならぬと、そう産婆に言われたからだ。

出産時に剣をそばに置くと、子が生涯、戦いに身を置く人生を送ることになるのだという。

普段の凛風なら、下らない因習だと一蹴《いっしゅう》していただろう。

だが子供のことに関してだけは、感情が優先し適切な判断ができなくなっていた。

自分のように、殺し殺されるような生き方を、我が子にはしてほしくない。そう思ってしまったのだ。

凛風もまた、母であったのだろう。

たとえわずかな可能性であっても、あらゆる危険なことから、子を遠ざけたいと願った。

だからこそ産婆の宣う下らないしきたりを、素直に聞いてしまったのだ。

そしてそんな丸腰の状況で、出産の手伝いに来た宮女の一人に刺された。

唯一この場に持ち込めたのだろう、息子の臍《へそ》の緒を切った小刀で。

痛みはそれほど感じなかった。だが自分の腹に柄《つか》まで深々と刺さっている小刀を見て、ああ、これはもう助からないな、と冷静に考えている自分がいた。

命を狙うならば首か腹が良い。柔らかく刃が通りやすく、そして致命傷となりやすい。

戦場で長く過ごしていた凛風は、そのことをよく知っていた。

そして宮女は正しくそれを守り、間違いなく刃は内臓まで達している。

（ああ、死にとうないな……）

この世に生まれ出たばかりの息子が、力強く大きな声で泣いている。

「皇子殿下は必ずやお守りいたします……！」

凜風はもう助からないと判断したのだろう。産婆が息子を抱いて、必死に産室の外へ駆け出した。

そんな二人を、凜風を刺した宮女が慌てて追いかけようとする。

（させるものか……！）

息子を助けるべく、凜風は最期の力を振り絞って立ち上がり、已の腹から小刀を引き抜くと、外廊下に出た宮女に追い縋って、その喉笛を掻き切ってやった。

そして力尽き、よろけて欄干を乗り越え、降り積もり出した雪の上に落ちた。

宮女たちの泣き叫ぶ声が聞こえる。全身が痛くて、今にも意識が途切れそうだ。

（……幸せになるには、妾は人を殺しすぎたのやもしれぬな）

目の前で降り積む雪を見ながら、そんなことを思う。

こんな自分が、普通の女の幸せなど、得られるはずもなかったのだ。

あんなにも人を殺しておいて、と。

きっと神は、そんな凜風の烏滸がましさを許さなかったのだろう。

（だが、可愛い子じゃった……）

生まれてすぐに見せてもらった息子を思い出し、凜風の目から涙が溢れた。

随分と久しぶりにこぼした涙だった。

信じられないほど小さな手には、ちゃんとこれまた小さな五本の指がちゃんとあって。一丁前に爪までちゃんとついていた。

うっすらと生えた細く柔らかい髪は、自分と同じ黒。

残念ながら、目の色は見ることができなかった。

顔を真っ赤にして、元気に泣き叫んでいた姿は愛おしくてたまらなかった。

せめて一度くらい、乳をやってから死にたかったが、もう仕方がない。

ああ、けれど母親を、そして皇帝という後ろ盾をなくしたあの子は、これからどうやって生きていくのだろう。

死を間際にして、凜風を猛烈な不安が襲った。

「凜風様……！」

その時、血が滲《にじ》むような、叫び声が聞こえた。

夫である雪龍の声だ。凜風は閉じそうになっていた瞼を、必死に開く。

滲んだ視界には、舞い散る雪に吸い込まれそうな銀の髪を振り乱し、滂沱《ぼうだ》の涙を流して泣き叫ぶ雪龍の姿が見えた。

彼が裏切ったわけではないのだと、わかっていながらも安堵する。

雪龍は最初の約束通り、最期まで信じられる人間でいてくれたのだ。

彼の腕の中には、産着に包まれた我が子がいた。

――ああ、そうだった。あの子は一人ではないのだった。

自分とは違い、頼れる父親がいるのだった。

(本当は自分も、彼らのそばにいたかったけれど)

「雪……すまぬ……」

どうか、皇子を、妾たちの子を守っておくれ。

最期の力を振り絞ったそれが、ちゃんと声になったかはわからない。

そこで、凛風の意識は途絶えた。


こうして宝剣七星龍剣の主人たる第十八代皇帝奏凛風は、その波乱に満ちた生涯を終えた。


だからそこから先のことは、おぎゃあとうっかり生まれ変わってしまった元第十八代皇帝奏凛風こと美暁が、長じた後に教師や父から聞いた話になる。

凛風を殺した黒幕は、長く凛風に仕えていた側近の中書令だった。

中書令は皇帝の命令を草案に纏める中書省の長官であり、最も皇帝に近い仕事をする者だった。

生前から油断のならぬ男だと思ってはいたが、仕事はできたので重用していた。

表にはしていなかったので気づかなかったが、なんでも彼は実は筋金入りの女性蔑視思想の持ち主であり、ずっと皇帝の地位に女がいることが許せなかったらしい。

男性より全てにおいて劣っているはずの女などに仕える羽目になり、偉そうな口を利かれ、駒として使われることに、憎しみを積み重ねていたようだ。

何を言ってもいつもへらへらと笑っていた中書令に、そんな風に思われているとは、全く気づけなかった。

それなりに、忠誠を誓ってくれているのだと思っていた。

だが正当なる男児が、次代の皇帝が生まれた以上、彼にとって凜風は用済みになってしまったのだろう。

『生まれた子が皇子であれば、皇帝を殺せ』

凜風を殺した宮女は、そう命令されていたらしい。

おそらく赤子の皇帝の方が、凜風よりも遥かに御しやすいからだろう。

道理で奴《やつ》は昔からやたらと凜風に結婚を急かしていたわけである。これにて謎が一つ解けた。

彼はすでに棺桶《かんおけ》に片足を突っ込んでいるような年齢だったから、最後の好機《チャンス》とでも考えていたのかもしれない。

そして生まれたばかりの皇子の後見につき、摂政となることでこの国を掌握しようと考えていたようだ。

だが皇子の父たる雪龍はそれを許さず、皇子を守るため自らが皇帝の地位につくと、凜風を暗殺した黒幕である中書令、およびその取り巻きや賛同者の罪を暴き、皆殺しにしたのだ。

——見せしめのために。思いつく限り、残酷な方法で。

ちなみに父も教師も、その時の詳細については『子供にはちょっと……』と言って、語ってくれなかった。

なんでも食事が喉を通らなくなりそうな、身の毛の弥立《よだ》つ悍ましい話らしい。

それほどまでに、妻を殺された彼の憎しみは深かったのだろう。

雪龍は皇帝の座にありながら、ただ、繋ぎの存在に徹していた。

新たに妃を娶ることもなく、ただ国の運営と先帝が遺した皇子の教育に身を尽くしたのだ。

そのため女帝であった凜風に引き続き二十年以上、この国の後宮は正しく使われていない。

その話を聞いた時、美暁は滂沱の涙を流した。

目の前にいた父はびっくりして『怖い話をしてしまった』と優しく抱きしめてくれた。

美暁は父の文官らしい薄い体にしがみつき、そのまま一晩中泣きまくった。

そして次の日の朝、美暁の目は原形を止《とど》めないほどに腫れていた。

(……全てあなたがあの小さな子に呪いをかけたせいだ。馬鹿な凜風……！)

美暁は鏡でその腫れ上がった目を見つめながら、かつての己を責めた。

おかげで雪龍は、自分自身の幸せを諦めてしまった。

傷つきすぎて、もう立ち上がる術《すべ》さえわからないのだろう。
（本当に、最悪だ……）
何も知らない哀れな子供を、都合良く己の事情に巻き込んで。
挙げ句の果てに、呪いを残して死ぬなんて。最悪以外の何物でもない。
（……だから私は、可哀想《かわいそう》なあの子をなんとかしなくちゃいけないんだ）
美暁は後宮に、前世の罪の贖罪《しょくざい》をしに来たのだ。
それは父に逆らい、母を泣かせてでも。しなければならないことであった。
――そんな前世の夫が、今、目の前にいた。
その悲願の時に、美暁が最初に思ったのは。
（あらまあ……！　随分と渋く格好良くなっちゃって……！）
などという、近所の阿姨《おばちゃん》のようなどうしようもない感想だったのであった。
悲壮な覚悟は、罪滅ぼしはどうしたと、自分でも自分に呆れてしまう。
（だって格好良いんだもん……！）
なんということだろう。前世の夫は、知らぬ間にあまりにも薫り高く熟成していた。
大人になった雪龍の何もかもが、美暁の好みのど真ん中である。
美暁は、ついその存在に圧倒されてしまった。
（やっぱり年上の男性はいい……！）

これまで前世の記憶があるせいで、同年代の男性が子供にしか見えなかったのだ。

美暁は思わずへらりとだらしのない笑みを浮かべてしまい、雪龍からさらに冷ややかな目を向けられてしまった。

だがそんな塵《ゴミ》を見るような視線すらも、ご褒美でしかない。

己が小娘になってみてわかる、成熟した年上の男の良さである。

前世では『男は年下に限る』など宣っていたくせに、すっかり大人となった雪龍を前に、美暁はあっさりと宗旨替えしてしまった。

(嗚呼《ああ》、見れば見るほど格好良い……！)

渋く枯れた男は、無条件で良いものである。

美暁はすっかり壮年となった、かつての夫をうっとりと見つめた。

何某《なにがし》かの暗い過去を感じさせる、擦れて気怠そうな雰囲気も良い。

只今《ただいま》美暁の頭の中は、桃色一色である。完全に一目惚《ひとめぼ》れであった。

前世の夫に、またしても恋をしてしまったのだ。

するとうんざりしたように、雪龍が美暁から目を逸《そ》らし、また姿絵を見つめる。

(……そして相変わらず、凜風の呪縛から解かれていないのね)

この四阿が随分と整備されている理由。それは雪龍が、ここに頻繁に訪れるからだろう。

若くして喪った、妻を悼むために。

かつての自身の罪深さを思い出し、浮かれた頭が若干の冷静さを取り戻す。

するとと彼が腰に下げていた二本の剣のうち、それ自体が宝石のような美しい剣が、カタカタと小刻みに震え始めた。

（しまった……！）

どうやら七星龍剣に、己の存在を気づかれてしまったらしい。

すぐに頭の中に、宝剣の意思が伝わってくる。

『我が主人ー!!　今までどこに行ってたんっすか!?　俺すっげえ寂しかったんですけど！』

転生はしたものの、どうやら未だに美暁はこの宝剣の主人であるらしい。

美暁自身も、かつて公主であった母を持つため、その血は皇族に連なる。

だからこそ、転生した後も主従契約が継続してしまったのかもしれない。

『七星《チーシン》。元気そうで何よりだけど、ちょっと大人しくしていてくれる？』

美暁は心の中で念じた。寂しい思いをさせた自覚はあるが、とりあえず今は黙っていてほしい。

『あれまあ随分とお可愛らしい姿になっちゃって！　どうしたんです？』

『いいからお黙り』

ありがたみがなくなりそうで誰にも言っていないが、霊験あらたかなはずの七星龍剣の中身は、どうしようもない軽薄男《チャラ》であった。

前世で初めてこの剣と相対した時のことを思い出し、美暁はうんざりと額を指で押さえる。

『よくぞ現れた！　我が主人よ！　……いやあ、今回の主人は可愛い女の子でよかったー！　もうおっさんは懲《こ》り懲《ご》りっすよ！』

なんせこの阿呆な剣ときたら、あの運命の宴の際、父の腰から勝手に外れ突然目の前に飛んできて、いきなりそんなことを宣ったのだ。

七星龍剣なんて格好良い名前をしているくせに、色々と台無しな剣である。

『ほらほら可愛いお嬢さん。ちょっとだけでいいんで！　ぐぐっと俺を引き抜いてみてくださいよ！　絶対後悔はさせませんからぁ』

そしてそんな軽薄さに流され、うっかり彼を鞘から引き抜いてしまったのが運の尽きだ。

おかげで皇帝などという、碌《ろく》でもない職業に就く羽目になってしまった。後悔しかない。

『酷いっすー……。久しぶりに会えたんだから構ってくださいよう！　優しくしてくださいよう！』

『悪いけどもうしばらく大人しくしていて。……あんまり騒ぐようだと炉に入れて溶かすから！』

『ひいっ！』

前世の頃のように強めに脅してやって、ようやく宝剣は黙った。

美暁はふう、と安堵のため息を吐く。

「……なんだ？」

だが必死に脅して黙らせたものの、雪龍はこれまでにない七星龍剣の反応に気づいてしまったようだ。訝《いぶか》しげに腰から鞘ごと七星龍剣を抜き取る。

七星龍剣の持ち主であって、主人ではない雪龍には、剣を引き抜くこともできなければその声を聞くこともできない。

だが剣は明らかに無機物ではあり得ない温度を発し、小さく震えている。

「な、なんでしょうねえ……？」

もちろん美暁は、すっとぼけることにした。

雪龍は不可解そうな顔をした後、絵の前に座り、外した剣に語りかけた。

「どうした七星。……凜風様の亡霊でもいらっしゃったのか？」

当たらずとも遠からずである。美暁は驚き飛び上がりそうになるのを必死に堪える。

（お願い七星。大人しくしてて……！）

そして恐る恐る雪龍の顔を覗き込んで、胸が苦しくなった。

亡霊でもかまわないのだと、彼の目は如実に語っていた。

——寂しくて寂しくて、たまらないのだと。

こんなにも傷ついている人を前に、「実は私、あなたの死んだ妻なんです！」なんてことを、軽々しく言えるわけがない。

速攻で斬り捨てられて終わりだろう。

それに事実凜風は死んだのだ。おそらく彼女と美暁は使用している魂こそ同じなのだろうが、同じ人間ではない。

育ってきた環境が全く違うのだ。見た目も違えば性格も違う。

美暁は、ただ凜風の記憶を持って生まれてきてしまっただけの、別の人間なのだ。

美暁は凜風そのものになる気はない。周囲にもそう思われたくはない。

なんせ彼女の怒濤の人生を思い出すたび、自分だったらこうはしないだろう、こうはならないだろう、というもどかしさを感じるのだ。

それこそ自分が凜風と別の人格であるという証拠だろう。

「あの……陛下」

「……出ていけ」

なんとか慰めたくて口を開けば、冷たく切り捨てるように言われた。

美暁の胸が、締め付けられるようにじくじくと痛む。

前世では彼にこんな目を向けられたことも、こんな態度を取られたこともない。

『凜風』を見る時の目はいつだって温かく愛おしげで、接する時は触れるその指先までもが気遣いに溢れていた。

それなのに今では射殺されそうな冷たい目で、酷くぞんざいに扱われている。

仕方がない。今の美暁は雪龍にとって、地面に転がる石に等しいなんでもない存在なのだから。

ただの宮女なら、おそらくここでさっさと逃げていることだろう。

だが美暁はそれをしなかった。何故ならば、今の状況はまたとない好機だったからだ。

なんせ後宮には滅多に顔を出さないという皇帝に、こうして二人きりで会えたのだ。

これは絶対に、二度とない機会である。

なんとかこれを次に繋げたい。だってきっとこんなの絶対に運命に違いない。

自分という存在を、少しでも彼に認識してもらいたいのだ。

けれど何を言えばいいのかわからなかった。

残念ながら前世から引き続き、美暁に恋愛的な才能は全くないのだ。

とりあえずなんでもいいから何か言わねば、と焦った美暁は衝動的に口を開き。

「わ、私、実は陛下の信奉者《ファン》なんです！　ですからこうしてお会いできたことが本当に嬉しくて……！」

そして己の口から出てきた言葉に、愕然《がくぜん》とした。

確かに印象は強いかもしれない。だが脈略がないにも程がある。

心の底からの本心が、慌てたせいでぽろりとこぼれてしまった。

「……は？」

雪龍の目はさらに吹雪のように冷たく、声は地を這うように低くなった。

明らかにやらかした。確かに初めて会った人間に突然そんなことを言われたら、恐怖しかないだろう。

（もう、なるようになっちゃえ……！）

そのため美暁は、開き直ることにした。こうなったら仕方がない。

誰がなんと言おうと、雪龍は優しい子である。

なんの罪もない少女を殺すような真似は、絶対にしないだろうという確信が美暁にはあった。

だからもう、言いたいことを全て言ってしまおうと思ったのだ。

「陛下のその美しい紅玉のような目！　銀をそのまま糸にしたかのようなさらさらかつ艶やかな御《お》髪《ぐし》！　そしてその非の打ちどころのない美しき尊顔！　さらには皇帝として国民を思うその慈悲と無私の御心！　陛下の全てが素晴らしいのです！　我が国の至宝です！　私は陛下を心より敬愛しております！　国中の誰よりも、陛下の幸せを願っております。絶対に絶対に陛下には幸せになっていただきたいのです……！」

素晴らしい肺活量でほぼ呼吸せずに早口で言い切って、ぜいぜいと美暁は肩で息をする。

「つまりは私、陛下に恋をしているんです……！」

すごい。我ながら気持ちの悪さが極まっている。思ったことを口に出しすぎた。

これでは完全に変質者である。近寄りたくないことこの上ない。

流石に首を切られてしまうかもしれないと思った。だが謎のやり切った感があった。

恐る恐る雪龍を見れば、彼は目を見開いて、呆気に取られたような顔をしていた。

やはり美暁が阿呆すぎたからだろうか。だがそんな無防備な顔もまた格好良いから憎らしい。

すると何故か彼はその目に傷ついたような色を浮かべ、それを隠すように手で顔を覆った。

（あれ……？）

どうやら自分は、一気に捲《まく》し立てた中で、思った以上の失言をしてしまったらしい。

「……出ていけ。もう二度とは言わぬ」

それはもう、脅しではなく最後通牒《つうちょう》であった。

さて、軍を動かす上で大切なのは、判断力である。

かつて数多の戦場で死線を潜り抜けてきた、凜風の記憶が叫んだ。

これ以上踏み込むことは許されない。すなわち撤退であると。

（作戦失敗！　よって撤収……！）

「申し訳ございません。失礼いたしました……！」

そう判断した美暁は、慌てて勢いよく平伏すると、直様《すぐさま》立ち上がりその場を去った。

四阿を出れば、ばくばくと心臓が激しく鼓動を打っていた。

後ろ髪を引かれる思いで、美暁は全速力で走って自分の部屋へと戻る。

「まあ、みっともない。どこのお嬢様かしら」

女はゆっくりと小股で歩くことが推奨されている。よってすれ違った宮女たちに大層馬鹿にされたが、知ったことではない。

むしろこの無駄に長い裾を引きずってなお、この速さで走れる美暁を褒めてほしい。

そうしてなんとか自分の部屋に着くと、美暁は直様寝台に潜り込んだ。

「うわあああ……！」

そして寝具の中で叫ぶ。羞恥と悲しみで両目から滂沱の涙が溢れ出した。

本当はその場で泣き出しそうなのを、これまで必死に堪えていたのだ。

（……やっぱり雪龍は、ちっとも幸せではなかったんだ）

こんなことを、望んでいたわけではなかったのに。

現実を見せつけられ、かつての己の罪深さに震える。

結局美暁はその日、眠りに就くまで涙をこぼし続けた。

そして次の日どうなるかというと、目が浮腫《むく》んでパンパンに腫れ上がるのである。

「……ちょっと、どうしたのよその顔……！」

当然のように美暁の部屋にやってきた、今日も麗しい翠花が、その腫れ上がった目を見て慌てて小蘭に水を持ってくるように指示する。

それからその桶に汲《く》まれた水で手ずから手巾を濡らし、美暁の腫れた目を冷やしてくれる。

そんな翠花はとても優しい。

安堵したからか、また美暁の目から涙が溢れてきてしまう。

「ねえ、美暁。一体誰に何をされたの？」

そう問う声もとても優しい。

だが滲み出る怒気を感じる。美暁を害した人間を、害する気満々である。

頼りになる親友に、思わず美暁は笑った。その振動で、目からぼろぼろと涙が溢れる。

「あなたが泣く姿なんて、初めて見たわ。本当に何があったの？　ほら、言ってごらんなさい」

慰めるように翠花が美暁の体を抱きしめて、背中を撫でてくれる。

だから美暁は翠花にだけ聞こえるように、その耳元で囁《ささや》いた。

「皇帝陛下に迫ったら、振られちゃった」

「はあ⁉」

翠花はこれまで彼女の口から聞いたことがないような、素《す》っ頓狂《とんきょう》な声を出した。

それは流石の彼女でも、どうすることもできない相手だ。

美暁はまた馬鹿みたいに笑い転げ、そして翠花に抱きついて、こんな素晴らしい友人のいる今生の幸福に、また涙をこぼした。

しばらく経って落ち着いた頃に、小蘭を下がらせた翠花に根掘り葉掘り聞かれ、美暁は前世云々《うんぬん》のところは除き、庭園の四阿で皇帝陛下と会った話をした。

「……信じられない」

「そうなんだ。皇帝陛下があんなところに来るなんて、誰も思わないでしょ？」

「そっちじゃないわよ。あなたの行動の話をしてるの」

翠花は深いため息を吐いた。

「その場で殺されなかっただけ、幸運と思いなさい。あなたのその怖いもの知らずなところが、私は心底恐ろしいわ」

「……殺されたりは、しないよ」

雪龍は若い女性を手にかけるような男ではない。はずだ、多分。

もしかしたら、会えなかったこの十六年で変わってしまったかもしれないが。

「……だとしても、もうその四阿に行くのはやめなさい」

「…………」

是と言えずに黙ってしまった美暁に、翠花はまた困ったようにため息を吐いた。

おそらく雪龍に会えるのは、あの四阿だけだ。行かないわけにはいかない。

あの子の苦しみを垣間《かいま》見てしまった以上、知らないふりはできないのだ。

「でも私、陛下のことが好きなの」

生まれる前から、雪龍は美暁の唯一だった。

生まれてから、また彼に恋をしてしまった。

はらはらと涙をこぼす美暁の頭を、よしよしとばかりに翠花は撫でてくれる。

少々力が強くて頭が大きく前後したが、今日も友が優しい。

「けれど美暁。あなた、どうしてそこまで陛下に執着するの？」

今日初めて会ったばかりの男性にそこまで入れ込む理由がわからないと、翠花は首を傾げる。

「……伝え聞いただけの人物を、どうしてそんなに想えるの？」

「…………」

確かにそれはそうだろう。だがなんと答えれば良いのかわからず、美暁は口を噤む。

流石に前の生でこの国の皇帝として生きていました、しかも彼の妻でした、などと言えるわけがない。

黙り込んでしまった美暁に、翠花は少し切なげにため息を吐いた。

「まあ、いいわ。それにしても難儀なことね……。陛下のおそばに上がることは、正直皇太子妃になるよりも難しい気がするわ」

「やっぱりそう思う？」

「そもそもあなた、皇太子妃候補としてここに来ているのよ。あなたと皇帝陛下がどうこうなったら、逆に大問題よ」

下手をすれば、息子の妃を父が寝取るという、倫理的な大問題が発生する。

過去この国には、息子の妃を寝取り入れ込んで国を傾けた愚帝がいるため、余計に周囲の目は厳しいだろう。

「……最初は遠くから見守れたら、それだけでいいと思ったの」

本当は姿を見られるだけで、満足しようと思っていた。

けれど、一度会ってしまったら、言葉を交わしてしまったら、その深い傷を知ってしまったら。

もう、だめだった。

美暁としてもう一度彼のそばに行きたくて、その心を慰めたくて、たまらなくなってしまったのだ。

世界で一番居心地のよかったあの場所に帰りたいと、そう思ってしまった。

「まあ、振られたというよりは、追い払われた、といった感じだけれど」

翠花は頭痛を堪えるように、その美しい指先で額を押さえる。

「……大丈夫。嫌われてはいないと思う。多分。まだ」

「多分……まだ……？」

「ほら、想うだけなら、自由だし！　想うだけなら！」

そう、迷惑をかけないのなら、人の心の中は自由なのである。

「……まあ、好きになさい。くれぐれも私の迷惑にならない範疇《はんちゅう》で」

心底呆れた様子ではあったが、翠花はそう言って認めてくれた。

美暁とて、この恋の成就《じょうじゅ》が難しいことはわかっている。

おそらく、想いが叶《かな》うことはないだろう。——けれど。

かつて雪龍は、報われずとも凛風に愛を捧げてくれた。

ならば美暁は、報われずとも雪龍に愛を捧げたいのだ。

まるで贖罪のような恋だと思う。だがそれでいいのだ。

（——きっと今度は、私の番なんだ）

かつての雪龍の思いを、味わわされていると思えばいい。

年上の人に報われぬ片想い、というやつだ。

つまりこれは因果応報である。甘受せねばなるまい。美暁はそう開き直ることにした。

「とりあえず、宦官たちに呼ばれる前に、その顔をなんとかしなくちゃ」

「あ、そうか。今日は午後から検診だったね」

午前いっぱい顔を冷やし続け、美暁の顔はなんとか原形を取り戻すことができた。

その後、やってきた宮女に薄衣の着用を求められ、百人ほどの妃候補たちが一堂に集められた。

(これで今回入宮した女の子たち全員かな?)

辺りを見渡せば、全員薄衣一枚の姿であり、恥ずかしそうに肩を丸めている。

皆、良家のご令嬢である。家族にだって肌を見せることはそうないはずだ。

もちろん美暁はそんな可愛らしい神経を持ち合わせていないので、堂々とどこも隠さず突っ立っているのだが。

翠花もやはり恥ずかしそうに、両腕で己の体を包んでいる。

そのせいか、彼女のたわわな胸が余計に強調されてしまう。

それは同性であっても思わず見惚れてしまう、見事な美乳である。

(罪深い……その恥じらい……!)

「ちょっと美暁！　あんまりジロジロ見ないでよ！」

「あ、ごめん。翠花があまりに美しくてつい」

「っ！　あなたのそういうところが本当にもう……！」

翠花は顔を真っ赤にして、怒ってしまった。何か言う言葉を間違っただろうか。

思ったことがそのまま口に出やすい自覚があるので、気をつけねばなるまい。

ちなみに翠花とは間違いなく血の繋がった従姉妹であるはずだが、美暁の胸は前世から引き続き、ごく控えめな大きさである。解せない。胸の大きさは魂に準拠するのだろうか。

「うん。やっぱり翠花が一番綺麗だ」

「……んもう、わかったわよ。いいからちょっと黙っててちょうだい」

この場に集まっている女性たちは美人揃いだ。それでも翠花を超える美女はやはり見当たらないと、美暁は従姉妹兼親友を自慢に思う。

周囲の者たちも、明らかに翠花を気にして、ちらりちらりとこちらを窺《うかが》ってくる。

もちろん、嫉妬や羨望の眼差《まなざ》しだ。入宮して二日目にして、すでに翠花はその圧倒的美しさで注目を集めていた。

ちなみに美暁は周囲に全く警戒されておらず、むしろ認識すらされていない。

自分もそれなりに美人ではあると思うが、美人揃いの妃候補たちの中にいれば、埋没する程度である。

皆、今頃頭の中で順位をつけていることだろう。この中で、自分は何番目か。

つくづく感じる。

（いやぁ、怖いなあ……！）

まだ入宮したばかりで誰も位を与えられていないのに、勝手に序列を作り出す人間の恐ろしさを

美暁はすでに戦線離脱状態だが、他の妃候補たちは、ここにいる皆が競争相手である。

（なんかこう女同士の戦いって、見ていると不思議と心の本能的なところが高揚するんだよね）

もちろん当事者ではないから楽しめるのである。

ぜひこのまま戦いの行方を、一傍観者として眺めていたい。

その後しばらくして、宦官の侍医たちが数人部屋に入ってくる。皆、老年の者たちだ。

先代の皇帝は女帝であり、現皇帝は後宮を開かなかった。

よって、彼らは先々代の皇帝の代に、宦官として後宮に入った者たちだ。

帰る場所がない者たちも多く、皇帝となった凜風は彼らに後宮に残ることを許したのだ。

その中に既知の顔を見つけて、美暁は目を見開く。

歳の割に矍鑠《かくしゃく》と歩く、気難しそうな顔をしている老人。

（景老師《ジンせんせい》だ……！　まだ生きてたんだ……！）

失礼極まりないことを考えつつ、懐かしさに胸が締め付けられる。

かつて専属の侍医として、しょっちゅう怪我《けが》をして帰ってくる凜風の治療をしてくれた宦官だ。

『皇帝ってこんなに怪我をするものなんですか？　おかしくないですか？　はねっかえりも大概に

してください。皇帝のくせに前に出すぎなんだよ。大人しく守られていろ、この馬鹿娘』

よく怪我をしていた公主時代からの気兼ねない相手でもあり、文句を言いつつも確かな腕で、何度も凛風を治療してその命を救ってくれた。

(だって私が倒した方が早かったから……)

刺客に襲われたら自分で倒す方が早かった。だって護衛はすぐに死んでしまうから。

そんな過信があったから、うっかり早死にしてしまったのかもしれないが。

ついじっと目で追ってしまったからだろう。彼に不可解そうな目で見られてしまった。

美暁は慌てて目を逸らす。前世の知己に逢《あ》うのは、なかなか気恥ずかしいものがあるのだ。

宦官たちが娘たちに触れ、その体についての所見を紙に書き込んでいる。

たとえ宦官とはいえ男性の前で肌を晒し、触れさせることに抵抗があるのだろう。

羞恥のあまり泣き出してしまう娘もいた。初々しくて可愛いなあ、などと眺めていたら、美暁の前に、よりにもよって景老師がやってきた。

慣れていた美暁は抵抗せず、両手を広げて楽にする。

爪や目、脈などを確認し、全く性的なものを感じさせない手つきで、関節や筋肉に触れていく。

「――ほう。妙な筋肉のつき方をしておられる」

そして言われた一言に、美暁は血の気が引きそうになるのを、必死に堪えた。

確かに普通の貴族令嬢より、剣を振り回し弓を引いている美暁は、圧倒的に筋肉量が多い。

「……趣味で舞をしておりまして」

「ほほう。舞でつく筋肉とは違うようですが」

「ちなみに、得意なのは剣舞です」

「なるほど。舞踊用にしては随分と重い剣を使用しておられるようで」

このまま刺客の可能性ありと追い出されたら、流石に後がない。

続く言葉の応酬に、美暁の貼り付けた笑顔が引き攣ってしまいそうになる。

(流石は景老師……！　でもその有能さが今は憎い……！)

こんなことなら大人しく、剣など振り回さずに深窓のご令嬢として生きてくるべきだったかもしれない。

これ以上に嘘を重ねればさらにボロが出て、収拾がつかなくなりそうだ。

そもそも美暁は思ったことがそのまま口に出てしまう性質で、腹芸が苦手である。

「あの、恥ずかしくて言いにくいのですが、実は兄と一緒になって剣を振り回していたらこんなことに……」

「おや。女だてらに剣ですか」

蔑《さげす》みを隠さず、小馬鹿にするように笑って、景老師が言った。

それを聞いて、思わず足から力が抜けそうになった。

どうして、と内側で凜風が泣いている気がした。

実は彼も中書令のように、本当は自分のことを疎んじていたのかと。

だが美暁は奥歯を噛みしめ、床を踏みしめて、景老師を睨みつけた。

「――何か問題でも？　一体何が可笑《おか》しいんです？」

思った以上に、冷たい声が出た。景老師が驚いたように目を見開く。

「恐れながら、先帝陛下も剣を握り自ら戦場に立っておられたかと。あなたはそれを否定なさるのですか？」

だとしたら、とても寂しい。あまりにも凜風が可哀想だ。

彼のことを理解者の一人だと考えていたから、なお。

（だから、そんなことを言わないで……）

「私は先帝陛下に憧れてここに来ました。そのように、馬鹿にされる筋合いはございません」

隣にいる翠花が「そんなこと初めて聞いたけど⁉」という顔をしているが気にしてはいけない。

すると景老師はぶふうっと勢いよく吹き出して、腹を抱えてケタケタと笑い出した。

（なんで……⁉）

自分は今、笑われるようなことを言っただろうか。

「これはこれは、失礼いたしました。どうぞ頭の固い老人の戯言《ざれごと》とお許しください。朱美暁殿でしたな。問題ございません。いくらでも子を産める、実に健康的なお体をなさっておられる」

「はあ、ありがとうございます……？」

彼としては美暁を後押ししたつもりだったのだろうが、頼むからそんなことを大きな声でわざわざ言わないでほしい。

おかげで周囲の妃候補たちの目が、敵意が、一斉にこちらを向いた。

子を産めるかどうか、というのは妃候補たちにとって、非常に重要な事項である。

それを侍医から太鼓判を押されたのだから、好敵手の一人として認識されてしまったのだろう。

特に、例の戸部尚書の娘である麗華が、物凄《すご》い目つきでこちらを睨みつけている。

面倒なことになってしまったと、美暁は内心頭を抱えた。

第三章　前世の息子に会いました

時は流れ、後宮に入宮してから、あっという間に一ヶ月が経っていた。

驚くことに、後宮では特に何もすることがなかった。

三食昼寝付きで、好きなように過ごしていていいらしい。

本来であれば、妃妾は後宮内で六の尚に分かれてそれなりに働かされるはずなのだが、そんなこともない。

果敢に他の妃候補や宮女に話しかけ、派閥を作りながら情報収集に勤《いそ》しむ翠花から聞くに、今回集められた妃候補たちは、戸部尚書の娘とその取り巻きを除き、その多くが地方からやってきた娘らしい。

後宮が正式に始動するのはまだ先のことらしく、中央官吏の娘たちはほとんど入宮していないようだ。

なんでも早く入宮するほど有利といった不平等なことが起きないよう、未だ皇太子殿下はこの後宮に足を踏み入れないのだとか。

全てが風聞であり、どこまで真実かはわかったものではないが。

「早く皇太子殿下にお会いしたいわ」

やはり逢うことさえできれば、なんとかできると翠花は考えているらしい。

今日も素晴らしい自信である。ぜひそのままでいてほしい。

翠花が後宮における権勢を手に入れんと暗躍している一方で、美暁が何をしていたかというと、時間が許す限り、毎日のようにあの四阿の近くに張り込んでいた。

木の陰に隠れ、草の陰に隠れ、息を潜めて雪龍の訪れを待つ。

隠密《おんみつ》行動は得意だ。なんせこの後宮はかつての自分の遊び場だったのだから。

(はあ、今日も格好良い……)

そしてやってきた雪龍が四阿に入り、やがて出ていく姿をただうっとりじっくり眺めるのだ。

その姿を目にできただけで、その日一日幸せな気分になる。

「……やっていることは、ただの付き纏《ストーカー》いじゃないの」

などと翠花から手厳しいお言葉をいただいているが、ただの一途《いちず》な片想いであると主張したい。

千里の道も一歩から。何もしないでいるよりは、ずっといいはずだ。

たとえそれが、ただの付き纏《ストーカー》い行為であったとしても。

しばらく通い詰めたところ、雪龍はほぼ毎日のように、四阿に来ていることがわかった。

たとえ半刻に満たない短い時間でも、四阿に来て休んでいる。かつての凜風のように。

(休んでいるというよりは、もしかしたらお参りみたいな感覚なのかもしれない……)

死んだ人間を悼むのは、決して悪いことではない。

けれど生きている以上は、立ち上がり進まねばならない。彼は未だ、それができていないのだ。

雪龍の渋くも美しい顔をうっとりと頭の中で反芻《はんすう》しながら部屋に帰ると、興奮した様子で翠花が飛び込んできた。

「聞いてちょうだい！　美暁！　私たち、ようやく皇太子殿下に会えるわ……！」

なんでも先ほど、宦官たちが内侍省からの通達を告知したらしい。

皇太子殿下が、入宮した妃候補たち全員と顔合わせをしてくれるそうだ。

なんでも百人を超える女性一人一人に時間を割き、直接会ってくれるとか。

皇太子が誠実な人物である、という噂は本当のようだ。

この一ヶ月、皇太子は主殿で生活しており、一度も後宮に足を踏み入れていない。

そのため、ここで暮らす妃候補の誰もが不安を覚えていた。

本当に皇太子は、後宮を必要と思っているのだろうか、と。

よってその告知がされた途端、後宮の女たちは一気に浮き足立った。

なんせこれは、己という存在を皇太子に認識してもらう、絶好の機会である。

気に入られてそのままお手つきにでもなれば、この後宮で一気にのし上がることができる。

その日を目指し、舞や歌の研鑽《けんさん》に励む者もいれば、綺麗な布や宝石を買い求める者もいた。

少しでも他の妃候補を出し抜かんと、皆必死だ。

もちろん皇太子妃の座を狙う翠花もまた、準備に余念がない。

「……あれ？　思ったより地味なのを着るんだね」

美暁の言葉に、皇太子との面会の際に着る予定の衣装を身につけた翠花は、くるりと鏡の前で身を翻《ひるがえ》し、どこかおかしなところがないかしっかり確認してから、口を開いた。

「当たり前よ。派手で高価ならばいいってものではないわ。派手なら品がないと思われるでしょうし、高価なら私は国を傾けるような浪費をしますって宣言しているようなものだもの」

「なるほど。流石です」

「かといって、あまりにみすぼらしい格好をするのもだめよ。朱家には後宮に入れた娘にまともな衣装を着せる力もないと思われてしまうわ。要は均衡《バランス》が大切ということね」

「なるほど。勉強になります」

流石は我が親友である。彼女は己の美貌を自覚し、常に人の視線を意識して暮らしている。

美しく、賢く、けれども謙虚に。男性を癒す存在に見えるよう。

男の理想を具現化したかのように、立ち振る舞っているのだ。

――その中身がどうかはともかくとして。

（相変わらず翠花の猫被り技術はすごいなあ……）

なんせ翠花が目指しているのは、皇太子が戯れるだけの女ではなく、この国の次代の皇帝を産む女なのだ。

美しいだけでは足りない。賢いだけでも足りない。全てにおいて、完璧でなければ。

「大変だねえ……」

「なんでそんなに他人事《ひと》なのよ。あなたもでしょう」

「まあ、それはそうなんだけど」

だが実際に、他人事なのである。

美暁は普段通りの格好で、普段通りに皇太子殿下と対峙《たいじ》する予定だ。

なんせ今は他人でも、前世は親子だったのである。

流石に彼に女として認識されてしまうのは、倫理的な問題から絶対に避けたい。

だからこそ美暁がこの後宮で目指しているのは、皇太子の妃ではなく彼を支える女官なのである。

(でもやっと、会える……)

皇太子殿下に会えることは、この上なく嬉しかった。ずっと無理だと諦めていたからだ。

なんせ地方官吏の娘が、皇太子に会う機会など皆無だ。

彼に会うため、いっそ男装して官吏や武官を目指そうかとも思ったが、それが露見すれば朱一族そのものが糾弾されることになる。

流石に今の家族を危険に晒すような真似は、できなかった。

美暁は今の家族のことも、心から愛していたからだ。

だからどれほど会いたくとも、かつての夫が、息子が、生きていることを知れただけでもよかったと。そう思おうとした。

そんな中、翠花から皇太子のための後宮が開かれると聞いた時、美暁は狂喜乱舞した。

なんせ正当な手段で前世の夫と息子に会える、またとない好機だ。

彼らに会える機会は、おそらくこれが最初で最後だろう。

だからなんとしてでも、この後宮に入ろうと思ったのだ。自分の自己満足のためだけに。

（……あの子は、どんな風に育ったんだろう）

赤ん坊だった頃の彼の顔しか覚えていない。

しかも会うことができたのは、生まれてからすぐの、ほんの一瞬だけだ。

生前はその目の色すら、知ることができなかった。

美暁として生まれ変わってから、父親である雪龍と同じ、赤い目をしているのだと聞いた。

ずっとずっと会いたかった。愛しい我が子。

成長していく姿を、この目で見ることはできなかったけれど。

（仲良くなれたらいいなぁ……）

母子の関係に戻るのは、どう考えても無理がある。

自分より年下の小娘が、実は自分は先帝の生まれ変わりであるなどと言い出し、さらに「私が媽媽《ママ》よ！」などと言い出したら、間違いなく心の病と思われ後宮から追い出されるか、不敬罪で処刑されるかのどちらかだろう。

そもそもこの国には、死んだ後に新たに生まれ変わるという概念自体がない。

死んだら人の魂魄《こんぱく》は冥府《めいふ》に行くものだ。違う人間として現世に帰ってくるなど、美暁自身も聞いたことがない。

己の存在のような事例を色々と調べてみたが、遠い西の国で死んだら命はまた巡るものであると唱える異教があるらしい、程度の情報しか見つからなかった。

よって美暁は、早々に自分という存在の追究を諦めた。

生まれ変われて幸運《ラッキー》ということで、深いことは考えず開き直ってもう一度新たな人生を楽しむことにしたのだ。

たとえ元の形には戻れなくとも、こうしてかつての夫と息子に会えるのだから、それだけでも幸せなことだろう。

（せめて頼れる部下枠を狙いたいな……それもだめなら、せめて遠くから見守れるだけでも……）

ちなみに美暁には、もし翠花が皇太子妃になったら皇太子妃の友人枠ということで、比較的近くから彼らを見守れるのではないか、という下心も若干あったりする。翠花にはぜひ頑張ってほしい。

（それに翠花なら、嫁として文句のつけようがないもんね……）

彼女は美しく賢く自分に厳しく、多少他人にも厳しく、けれども温かな情を持ち合わせている。

もし本当に翠花が皇太子妃になるのなら、烏滸がましくも姑《しゅうとめ》として、何も言うことがない。

むしろそうなったら、息子の女性を見る目を褒めたいと思う。

きっと翠花は良き妻、良き母、良き皇后になるだろう。

やがて告知通り皇太子殿下との顔合わせが始まり、宦官たちによって次々に妃候補の娘たちが呼ばれた。

面会時間は短いこともあれば長いこともあるらしい。面会から戻ってきた娘たちは悲喜交々《ひきこもごも》だ。

そして翠花は美暁よりも早く、宦官たちによって呼び出された。

「……それじゃ行ってくるわね」

死地に向かう兵士のような顔をして、背筋を伸ばし、翠花は皇太子との面会に向かった。

彼女のことだから皇太子殿下に会った途端に、花開くように美しく笑ってみせるのだろうが。

まるで我が子のお見合いを見守る母親のような気持ちになって、美暁はそわそわと落ち着きなく彼女の帰りを待つ。

だがあまりにも長い時間帰ってこないので、美暁は勝利を確信する。

翠花はこれまでの妃候補たちの中で、最も長い時間を皇太子と共に過ごした。

それはつまり皇太子に、それだけの時間を共に過ごしたいと思わせたということで。

(すごい……。流石は翠花……!)

どうやら他の妃候補に圧倒的な力の差を見せつけたらしい。

美暁は感動した。流石は我が従姉妹、我が親友である。

だが皇太子との面会から戻ってきた翠花は、しばらく魂が抜けてしまったかのように、ぼうっとしていた。

いつものようにすぐに呼び付けられて、自慢まじりの怒濤のような報告を受けると思っていた美暁は拍子抜けしてしまった。

いつもきびきびとしている彼女にしては、随分と珍しい。

これまでの自分の全てをかけて、面会に臨んだのだ。気疲れもあるのだろうとは思うが。

心配になった美暁は、自分から翠花を食事に誘った。

翠花と話すことが目的であるため、小蘭に命じ料理は手軽に摘まめるものを中心に用意させた。

この都は内陸にあるので、あまり海産物は食卓に並ばない。

父が都督を務めていた地は海が近く、美暁は子供の頃から肉よりも魚や貝などを食べていたので、少し物足りない。

だが様々な形に包まれた包子《パオズ》類は、彩りも美しく目まで楽しませてくれる。

準備ができると、相変わらず心ここに在らずとばかりの翠花がやってきた。

席に座り、目の前にあった金木犀《きんもくせい》で香りづけされた甘酒を一口飲むと、ほうっと悩ましげなため息を吐く。

元々とんでもない美少女なのに、何やら色香まで纏い始めている。

同性なのに、美暁すらときめいて鼓動が速くなってしまう。

(何が……何があったの……?)

「ど、どうだった……？」

美暁が恐る恐る聞いてみれば、翠花は何も答えずぽっと頬を赤らめた。

間違いなく国が滅ぶ類《たぐい》の、罪深い姿である。

これまで見たことのない翠花の乙女らしい仕草に、やはり美暁までもが動揺してしまい、慌てて口に蒸された包子を放り込んだ。

豚肉と蓮根《れんこん》を練った餡《あん》が、とろけるように口の中に広がる。出汁《だし》として使われているのだろう、ほのかに干した鮑《あわび》の風味を感じる。

どうやら小蘭が海産物を懐かしむ美暁のため、気を利かせてくれたようだ。

（美味しい……！）

懐かしい海の味に正気に戻り、それをしっかりと飲み込んだ後、翠花にもう一度声をかける。

「ええと、それで、皇太子殿下はどんな方だったの？」

「とっても素敵な方だったわ……」

熱に浮かされたようなとろんとした目で、翠花がようやく口にしたのは、絶賛だった。

彼女は普段、男性に対する評価をほとんど口にしない。

おそらく翠花が求めている男性の条件が、並大抵の高さではないからだろう。

そんじょそこらの有象無象な男たちは、そもそも異性として認識していない。

理想が高すぎて、恋愛対象の範囲が恐ろしいほど狭いのだ。

翠花は自分が美しく、教養、才覚にも優れていることをしっかりと自覚している。

もちろん天賦《てんぶ》の才もあるだろうが、それ以上に、彼女の努力もある。

だからこそ、相手にも同程度の権力や容姿や才能を求めているのだ。

そんな彼女が、皇太子殿下のことを『素敵』と言い切った。

これはつまり皇太子殿下が翠花の厳しい検査基準《チェック》を突破した、稀有《けう》な男性であることを示している。

「殿下のあの美しい目に見つめられたら、緊張して心臓がドキドキしてしまって」

(うん、綺麗だよね。赤い目)

血の色だと恥じていた、同じ目をしたいつかのあの子に教えてあげたい。

「それで大丈夫だった？　ちゃんと想定通りできたの？」

翠花の模擬訓練に散々付き合わされた美暁は、少々心配になって聞いた。

「もちろんそこは完璧よ。良い印象を残せたと思うわ」

すると翠花は自慢げに言った。どうやら心配するまでもなかったらしい。流石である。

翠花のいと高き自信は、その努力によって裏打ちされたものだ。

肌や髪の手入れを怠っては翠花にいつも怒られている美暁は、彼女をとても尊敬している。

「……ねえ、美暁。私、絶対皇太子妃になってみせるわ」

そしてうっとりと目を細めて、改めてそんな決意表明をした。

おそらく皇太子殿下は、よほど彼女の好みのど真ん中であったのだろう。

「が、頑張って……。応援してる……」

美暁はもう、それしか言えなかった。

翠花がすっかり恋する乙女である。だが一切切なさを感じさせないあたりが非常に彼女らしい。

きっとあらゆる手を使って、皇太子妃の座を目指すことだろう。

(それにしても、あの翠花を乙女化させるなんて。私の息子すごい……!)

そこに至るだけの環境と教育を、雪龍が与えたということなのだろう。

美暁の中にいる凜風が、そのことに対し彼に深く感謝していた。

息子を守ってほしいという彼女の最期の願いを、雪龍はちゃんと叶えてくれたのだ。

――その翌日、今度は美暁が呼ばれた。

翠花に不安そうに見送られ、宦官に案内されるまま、後宮内にある謁見室に入る。

皇太子を待ち、冷たい床に平伏する。

緊張のあまり全身の毛穴が開き、心臓の音がばくばくと耳の中で鳴り響いていた。

扉が開き、衣擦《きぬず》れの音がした。皇太子が謁見室に入ってきたようだ。

武術の心得があるのだろう。足音はごく静かである。

「――面を上げよ」

美暁の耳に届いた声は、あまり父親には似ていない。

まだどこか幼さを感じる、低くなり切っていない声。

直様上げたくなる顔を、失礼にならないよう、理性を総動員してゆっくりと上げる。

するとそこにはまっすぐな黒髪に、紅玉の目をした少年がいた。

皇族のみに許される禁色《きんじき》の、龍が緻密に刺繍された豪奢な袍が、彼が皇太子であることを示している。

(――風龍《フェイロン》)

彼が『風龍』と名付けられたと知ったのは、生まれ変わり、美暁になってからのことだ。

雪龍が名付けたというその名は、妻子への愛に溢れていた。

(ああ、雪龍よりも、凜風《わたし》に似ている……)

どうやら彼は、父親よりも母親似であるようだ。

だがやはり容姿端麗な父の血も入っているためか、凜風よりも端正な美しい顔をしているが。

その姿を見た瞬間、美暁の目から滂沱の涙が溢れ出した。

「うわっ!」

突然のことに風龍も驚いたのだろう。小さく声を上げた。

会って早々号泣する女など、流石にこれまでいなかったのであろう。

「も、申し訳ございません。皇太子殿下にお目にかかれて感激のあまり……」

ずびずびと鼻を啜りながら咽《むせ》び泣く美暁を、困ったような顔で見る風龍。

皇太子という尊き地位にありながら、怒って怒鳴ったり追い出したりしないあたり、優しい子に育ったようだ。

そんなことを考えたら、さらに涙が出てきてしまった。

「お見苦しい姿をお見せして誠に申し訳ございません。朱家より参りました、美暁と申します」

理性を総動員してなんとか感情を落ち着かせて泣き止《や》むと、美暁は美しい所作で礼をした。

顔を上げれば、風龍は安堵したような表情を浮かべた。やはり優しい。

「朱家、ということは、先日会った翠花姫と同郷か？」

「はい。翠花は私の姉にあたります」

本当は従姉妹だが、父が翠花を正式に養女にしたため、公には姉妹となる。

「——なるほど、少し面影がある」

そこで風龍はふと頰を緩めた。翠花のことを思い出したのだろう。

（こ、これは間違いなく脈がある……！）

美暁はぐっと拳を握りしめる。流石は翠花である。尊敬しかない。

このまま翠花と風龍がくっつけば、美暁は彼らを近くで見守ることができるだろう。

ここはなんとか翠花を売り込みたい。美暁はそんな下心のまま、へらりと商人のような媚《こ》びた笑みを浮かべた。

「翠花は美しいですよね。しかも賢くて、歌も舞も刺繡の腕前も、西方で随一なんです」

「……そうなのか？　先日は話すことしかできなくてな」

（よし！　食いついてきた……！）

「我が朱家の自慢の花でございます。ぜひお呼びになって舞や歌も愛《め》でてやってください」

本当に美しいんですよ、と美暁がせっせと営業をかければ、明らかに風龍が興味深そうに目を輝かせた。

（案外わかりやすいな……）

うっかり性質まで凜風に似て、感情が表に出やすいようだ。

腹芸ができないのは皇帝となるには少し心配であるが、逆にそれに特化した翠花とは相性が良いのではないだろうか。

「そうだな。いつかその機会があることを願おう」

だが風龍は翠花に対する好意を、明確に口にすることは避けた。

翠花が皇太子に気に入られている等、美暁が外で余計なことを口にすることを避けるためだろう。

だが風龍の顔を見ていれば、彼が翠花を憎からず思っていることが丸わかりである。

そこで美暁は彼の目の下に、年齢に見合わぬ濃い隈《くま》がべっとりと貼り付いていることに気づいた。

「……殿下。目の下に濃い隈がございます。睡眠は取れていらっしゃいますか？」

美暁の言葉に風龍はわずかに目を見開いて、それから小さく笑った。

「全く同じことを翠花姫にも言われたな。そんなに目立つか？」

「睡眠は大切でございます。人の寿命は睡眠時間に比例すると言われておりまして……」

「そなたたちと会う時間を作るために、少し仕事を詰めたのだ。見逃してくれ」

悪戯《いたずら》っぽく笑う風龍が、年相応の子供に見えて、美暁は少し安堵する。

「それにしても、そなたたちは朱家から私の妃になりに来たのではないのか？　まるで母親のような口を利く」

他の女たちはもっと自己主張が激しかったぞ、と風龍がそう言って、肩を竦《すく》めた。

だが美暁がなりたいのは、まさに彼の妃ではなく母である。

「そうなのです！　実は私は殿下の妃ではなく、殿下の母になりたいのです！」

そして思わず思ったことが、そのまま口に出てしまった。

残念ながら腹芸ができないのは、前世に引き続き、美暁もである。

すると風龍の顔が、何を言い出すのかと盛大に引き攣った。

「年下の母などいらぬわ。一体何を考えているのだ、そなたは」

それはそうだ。だが美暁の中身は前世から換算すると、四十代なのである。

肉体年齢に引きずられ、残念ながら実際にはそこまで成熟していない気がするが。

よって元々十代の男など、まるで恋愛対象にならない。

美暁の目からすれば、赤子に毛が生えたようなものだ。

「いやあ、男性はやっぱり三十五歳以上に限りますね！」

「……は？」

美暁の明け透けな男性の嗜好暴露に、風龍が間抜けな声を漏らした。

「……そ、そなた、まさか陛下を狙っておるのか……!?」

どうやら美暁の言わんとしていることに気づいたらしい。やはり賢い息子である。

「信じられぬ。この世にそんな馬鹿がいるとは」

「殿下……人の好みは千差万別でございます」

失礼なことを言う前世の息子に、美暁は少々唇を尖らせる。

若い男が好きな者もいれば、枯れた男が好きな者もいるのである。みんな違ってみんな良いのだ。

「そなたな……そんな簡単な問題ではないのだ。陛下は亡き先帝陛下を今でも深く愛しておられるからな……。何度も臣下から妃を娶るよう奏上されているが、断固として拒否しておられる」

「……そうですか」

そのことは、翠花からも聞いて知っている。

だからこそ、美暁はなんとかしたいと思っているのだ。

(……それにしても、父上とは呼ばないのね)

父母を陛下、先帝陛下と距離を持って呼ぶ風龍が、少し悲しい。

(あまり、雪龍とうまくいっていないのかな……)

すれ違ってしまっているのだろうか。風龍が生まれることをあんなにも楽しみにしていた雪龍を思い出し、美暁の心がしくりと痛む。

「だから陛下は諦めた方が良いと思うが……」

「いえ、お話を伺って、俄然《がぜん》やる気が出てまいりました！」

「馬鹿なの？　お前馬鹿なの⁉」

風龍の口調が衝撃のあまりに乱れた。こちらが本来の口調なのだろう。

彼の地が垣間見えて、美暁は楽しくなってころころと声を上げて笑う。

「大体お前、陛下の顔も知らんだろうが」

「いえ、この前後宮の庭園にある四阿に入り込んだところ、偶然お会いしまして」

すると風龍の顔が、痛ましげに歪んだ。

きっと彼も亡き妻を悼んで、父があの四阿に通い詰めていることを知っているのだろう。

「……陛下がよくそれを許したな」

「もちろん剣を突きつけられてしまいましたが。私、その際に陛下に一目惚れをいたしまして！」

「だからなんで⁉」

風龍の突っ込みが、翠花と同じくらいにキレがいい。やはりこの二人、相性がいい気がする。

「だって陛下、非常に格好良いではないですか」

「顔が良くて枯れていればなんだって良いのか！　お前は！」

それは失礼にも程がある。またしても美暁は唇を尖らせた。

「違います。もちろん陛下のご容姿もご年齢も素晴らしいですが……」

美暁の言葉の続きを待って、風龍の喉がこくりと嚥下《えんか》する。

「どうやら私、辛い過去や、深い心の傷を負った陰のある年上男性が好きなんですよね」

「色々最悪だな！　お前……！」

やはり突っ込みが速い。素晴らしい反応速度である。

「私の好みは辛い過去のせいで荒《すさ》んだ目をした超絶美形の中年男性です」

「なるほど全てが皇帝陛下すぎるな……！　なんなんだその的を絞りすぎた妙な好みは……！」

胸を張って答えた美暁に、風龍は下を向き、ブルブルと震えた。どうやら笑っているらしい。

美暁はごく真面目に答えたつもりなのだが、何かが彼の笑いのツボに入ってしまったようだ。

とうとう堪えきれず、風龍はぶはっと激しく吹き出すと、ゲラゲラと声を上げて笑い始めた。

前世の息子が楽しそうに笑う姿に、笑われている張本人ながら美暁もほっこりと見守る。

そしてひとしきり笑った後、風龍は笑いすぎて潤んだ目を拭いながら顔を上げた。

「すごいなお前！　本当にその勢いでぜひ皇帝陛下を落としてほしい。できるものならぜひ私の義母になってくれ。なんなら私以外に後継を作ってもらってもかまわんぞ」

「次の皇帝陛下は皇太子殿下です。私はそんな野心を持ってここに来たわけではないんですよ」

「……では何故後宮に来たんだ？」

怪訝《けげん》そうな顔で問われ、美暁は押し黙る。流石に前世の夫と息子に会いに来たとは言えない。

「ええと、姉であり親友でもある翠花を一人で後宮に行かせるのが心配で……」

とりあえず美暁は翠花を理由《ダシ》にすることにした。実際彼女も喜んでいるから良しとしよう。

「それで皇帝陛下に一目惚れしてしまったと」

くくっとまた風龍は喉で笑った。そろそろいくらなんでも笑いすぎではないだろうか。

美暁はごく真面目に話しているというのに。

「というわけで私、皇帝陛下と皇太子殿下のお話をお伺いしたいんです。聞かせてはいただけませんか？」

できるなら、自分の知らない二人のことを、知りたかった。

「……お前の目的は私ではなくて陛下だろうが」

「そんなことありませんよ。殿下のことも知りたいです。なんせ私、殿下の母になりたいので。ささやかなことでもなんでもいいんです。聞かせてくださいませ」

すると風龍はまた笑った後、素直にぽつりぽつりと父親のことを話し始めた。

おそらくこれまで父親のことを、話せる相手がいなかったのだろう。

「皇帝陛下は私の母である先帝陛下を亡くしてから、ただひたすらこの国のために生きておられる。その心はどこまでも無私だ」

何一つ執着することなく、ただ国に尽くす父の姿に、息子は不安を覚えているらしい。

「…………」

「皇帝陛下が先帝陛下を殺して皇帝位を簒奪したのではないか、などという輩《やから》もいるが、陛下がそんなことするわけがないのだ。あの方は私にとっとと皇帝の座を押し付けて隠居する気満々でな……」

「………」

「だから私は、まだ皇太子のままでいたいのだ。私が一人前になれば、陛下がこの皇宮に留まる理由がなくなってしまう。――あの方は、本当は皇帝になどなりたくなかったのだから」

風龍が唇を噛みしめて、俯く。

「いつかはこの国を背負わねばならぬとわかっている。だが、まだ私の背には重すぎるのだ」

確かにたった十六歳の少年に、この国の皇帝の座は重かろう。

「皇帝陛下に、そのお心をお伝えしてみてはいかがですか？」

「……言えぬ。不甲斐ない息子だと思われるのもまた、嫌だ」

先帝陛下は十七歳で、現皇帝陛下は十九歳でこの国の皇帝となられたのだから、自分がそれを言うのは甘えに感じてしまうのだと。

そう言って風龍は、そのまま押し黙ってしまった。

（か、可愛い……！　強がってて可愛い……！）

息子のあまりの可愛さに、美暁の胸がぎゅんぎゅんした。

だが彼のいと高き矜持《きょうじ》のため、表情には出さないよう腹に力を入れる。

「もし奇跡が起きて、陛下がお前を気に入ってくれたらいいのにな」

「……どうしてです？」

「そうしたらお前のために、この皇宮に残ろうとしてくださるかもしれないだろう」

私では、陛下がここに留まる理由にはならないようだから。

苦笑いしながらのその言葉は、酷く寂しく響いた。

「……大丈夫だ。どうせ無理だとわかっているさ。期待などしていない。父上が愛しておられるのは、昔も今も母上だけだ」

初めて風龍が、子供のような幼い声で、雪龍と凜風を父母と呼んだ。

おそらく彼は今、父親とうまくいっていない。けれども父を敬愛しているのだろう。

そして父の愛しているものの中に、自分が入っていないと思っている。

へらへらと笑って話を聞いているが、美暁の心は罪悪感で悲鳴を上げていた。

込み上げてきそうになる嗚咽《おえつ》を、必死に飲み込み、太ももに爪を立てる。

泣く権利など、自分にはない。大切な彼らをこんなにも苦しめた自分には。

「……父上が私に興味を持ってくださらないのは、私を産み、守るために母上が亡くなられたからかもしれないいな」

「そんなことは絶対にありません！」

だが息子が紡いだその言葉に堪えられず、美暁の口から思いの外《ほか》強い言葉が漏れた。

そんなことはない。絶対にないのだ。はっきりとそう断言できる。

だって美暁は、凜風の記憶から知っている。

毎日公務が終わってすぐに飛ぶように部屋に帰ってきては、生真面目な顔で凜風の膨らんだ腹にせっせと話しかけていた雪龍の姿を。

名前の候補だと言って、巻物のように長い紙に数え切れないほど様々な名前を書いてきては、どれが良いかと真剣に悩んでいた姿を。

そんな真面目で不器用な彼が愛おしくて、大きな腹を抱えて何度も笑い転げたものだ。

それは怒濤の人生を送った凜風の、数少ない幸せな記憶だ。

思い起こす雪龍の姿は、美暁を心から愛し慈しみ育ててくれた現世の父と、なんら変わらない。

――だから。

「陛下が殿下に興味を持っていないなんてことは、絶対にあり得ませんよ。陛下は殿下を大切に思っていらっしゃいます」

美暁が真剣に言えば、風龍は困った顔をして、そっぽを向いた。

「何故お前にそんなことがわかる」

「愛の力です」

「なんだそれは」

風龍がまた呆れたように小さく吹き出して笑う。彼の暗い表情が薄れて美暁はほっとする。

案外よく笑う性質であるようだ。そんな息子の笑顔は年相応で、とても可愛い。

「陛下は元々お話をされるのが得意ではないのでしょう。表情が固まっているのも無自覚なのだと思います。なんせあのお顔なので誤解されやすいのですが、陛下は周囲の皆様が思うほどには、何も考えておられません。発された言葉は、大体言葉通りの意味ですよ」

そう、彼の言葉は大体言葉のままだ。深読みする必要はない。

それは凜風が誰よりも彼のことを信じていたからこそ、理解できたのかもしれないけれど。

「殿下が悩んでいること、苦しんでいること、その全てを素直に陛下に話してみてくださいませ。絶対に喜んで一緒に考えてくださいますよ」

「はいはい。わかったわかった」

「なんですか、そのおざなりな返事は！　本当なんですよ！　信じてくださいってば！」

「本当に不敬だな、お前は……！」

相手は皇太子殿下だというのに、つい口調が砕けてしまっていたことに気づき、美暁は慌てて口を噤み、姿勢を正した。

風龍が息子だったのは前世であって、今ではない。

彼とは天と地ほどに身分が違うのだ。気を引きしめねば。

するとまた風龍は肩を震わせて笑った。こんなに笑ったのは久しぶりだと言って。

どうやら怒っているわけではないらしい。美暁はほっと胸を撫で下ろす。

「なんでだろうな。どうして私はお前にこんなにも色々と話してしまったんだろう」

普段こんなことはないのに、と不思議そうに風龍が首を傾げた。

本当にそうだったとしたら嬉しい。子供の悩み事を聞けるなんて、親として最高に名誉なことだ。

「ご安心ください。こう見えて口は固いんです。絶対に他言はいたしませんので」

「疑わしいが、ぜひそうしてくれ。皇太子としての沽券《こけん》に関わるのでな」

そして互いに顔を見合わせて、笑い合う。

「そして皇帝陛下とお話するついでに、ぜひ私のことを売り込んでいただけますと……！」

「いや、無茶を言わないでくれ。現状会話だってほとんどないんだ。話しかけるだけでも相当覚悟と勇気が必要なんだぞ……！」

「そこをなんとか！　頑張ってください！　きっと陛下は殿下との交流を喜ばれます！」

「お前なあ……」

「ちなみに殿下は翠花のことが気になっていらっしゃいますよね？」

「う……確かに彼女は可愛いと思うが……」

やはり図星だったのだろう。風龍の目がわずかに宙を泳ぐ。

「ここは一つ共闘体制をとりませんか？　互いの恋を叶えるべく」

「だから無茶を言わないでくれ！　お前を父上に売り込む私の方が、明らかに難易度が高いだろうが……！」

そう言って眉を下げる彼の情けない顔を見て、美暁もまた笑った。

その後仕事に戻ると言って、風龍は慌てて主殿に戻っていった。想定よりも長く美暁と喋ってしまったらしい。

初めての息子との触れ合いに満足した美暁は、機嫌よく鼻歌を歌いながら部屋に戻る。

するとそこには、恨みがましい顔をした翠花が待っていた。

もう外は薄暗くなっているというのに灯明台に火も入れておらず、暗い部屋の中で佇《たたず》むその姿は、なまじ顔が美しい分、妙に迫力があって怖い。

「ひっ……！　どうしたの翠花⁉」

「あら、美暁。随分と長かったわねぇ……」

これまで聞いたことがないほどに低い声で言われる。美暁は震え上がった。

確かに言われてみれば、翠花よりも長い時間、風龍と過ごしていた。

そのことに、翠花は嫉妬してしまったらしい。

「あなた、本当は皇太子殿下狙いだったのじゃないでしょうね……？」

脅すように言いながらも、不安が滲み出ている。

本当は親友と一人の男を奪い合うような展開は、望んでいないのだろう。

初めての恋に、彼女もどうしたらいいのかわからないのだ。

「いやあ、皇太子殿下に皇帝陛下との橋渡しをお願いしていたらこんな時間に……」

「はあ？　あなた何をしているの！　馬鹿なの!?　皇太子殿下にまでご迷惑をかける気!?」

突っ込みが実に風龍と似ている。やはりこの二人、絶対に相性が良いと美暁は思う。そしてあっさりと誤解は解けたらしい。

「あ、殿下が翠花のことも話してたよ。可愛いってさ」

すると先ほどまでと打って変わって、翠花は顔を赤くししどろもどろになった。

とりあえず今日も翠花は可愛いと、美暁は笑った。

◇◇◇◇

（……まさかこんなにあっさり受け入れられるなんて……）

風龍は混乱した頭で、赤く塗られたまっすぐな廊下を足早に歩く。

——昨日、後宮で妙な娘に会った。

初めて会ったはずなのに、何故かどこか懐かしさを感じた。

ずっと会いたかった人に会えたような、そんなこれまで感じたことのない、不思議な感覚だ。

彼女もまた、同じことを感じたのかもしれない。

風龍の顔を見た瞬間、その琥珀のような目から、滂沱の涙を流したから。

そしてその娘は知ったような顔をして、皇帝陛下と話をしてみろと言った。

適当なことを言うなと思ったが、何故か不思議とその通りにしなければいけないような気がして。

風龍は勇気を出して、試しに父に使いを出したのだ。『今度食事を共にしませんか？』と。

断られるのだろうなと思っていた。もしかしたら返事すら来ないかもしれないと思っていた。

だが驚くほどすぐに、その返事は返ってきた。

恐る恐るその書状を開いてみれば、今日中に絶対時間を作るとの、実に前のめりな返事だった。

（嘘だろう……？）

忙しいはずの父が、無理を押してでも風龍のために時間を作るという。

その文章には、明らかに誘われたことに対する喜色が滲んでいた。

『陛下は元々お話をされるのが得意ではないのでしょう。表情が固まっているのも無自覚なのだと思います』

昨日の妙な娘……朱美暁の言ったことは、本当だったのかもしれない。

そんなわけで風龍は今、父たる皇帝陛下の居室へ向かっているのである。

（それにしても、あいつは一体何者なんだろう）

何もかもが謎である。年下の小娘のはずなのだが、妙に肝が据わっているのだ。

そのため途中から、随分と年上の女性を相手に話しているような気になってしまった。

だからついぽろぽろと、弱い言葉を吐き出してしまったのだろう。

（……思った以上に、私は追い込まれていたのかもしれないな）

溜《た》め込んでいたものを吐き出したからか、随分と気が楽になっていた。

風龍の母になりたいなどととんでもないことを宣っていたが、実際母親に相談をするというのはこんな感じなのかもしれない。

そんなことを考えて、短時間で随分と毒されている自分に少し笑う。

まもなく風龍は、成人の儀を迎えることになる。

それに際し、重臣たちから後宮を開くべきだとしつこく奏上があり、その意見に理解を示した父たる皇帝は、国中の貴族から皇太子の妃候補となる娘を集めよと命じた。

風龍は、まずそのことに驚いた。

皇帝は後宮など国庫の無駄だとして、臣下の意見を突っぱねるだろうと思っていたからだ。

（自分は母上に操立てしているくせに、何故……！）

たった一人の女に心を捧げた父を見て育ったからか、風龍には百人を超える妻を娶り、千人を超える妾を抱えることに酷く抵抗があった。

若い男らしく、女性にはそれなりに興味があるものの、限度がある。

（だって百人って……明らかにそんなにいらないだろう……？）

父を見ていると、確かに一人の人間に依存する危うさもよくわかる。

けれども絶対的な唯一無二があることも、羨ましく感じていた。

自分もそんな風に思える伴侶に、出会ってみたいと。

だがそのことを、皇帝たる父に言うことはできなかった。

子供の頃はもっと頻繁に交流していた気がするのだが、十年ほど前に風龍に教師が付き、皇帝になるための教育を受けるようになってからというもの、父との間に明らかに壁ができた。

父であっても皇帝である以上、その言葉には絶対服従であると、そう教育されたのだ。

気安く話しかけてはならない。父子である前に、主従関係であるのだと。

皇帝の命令であれば、たとえ息子であっても風龍に逆らう権利はないのだ。

父との関係は気薄になったが、それに対し父から何かを言われることはなかった。

だからきっと、それが正しいのだろうと思い込んだ。

そのため後宮を開くことについても、結局は父の命令を受け入れるしかなかった。

それでも強制されたように感じ、なかなか後宮に足が向かなかった。

だがそのことに対し、娘を後宮に入れた官吏たちから抗議の声が上がり、渋々ながら風龍は妃候補たちと向かい合わざるを得なくなった。

そして妃候補たち一人一人に公平かつ誠実であろうと、それぞれに面会する時間を作ったのだ。

確かに娘たちは皆美しく、教養もあり、芸にも優れた者たちばかりだったのだが。

毎日何人もの娘たちと会っていたら、そのうち見分けがつかなくなってきた。

正直皆同じ顔に見えるし、披露される歌やら舞やらもいまいち違いがわからない。

好色になるにも才能がいるということを、風龍は知った。

そして自分は父に似て、その才能が壊滅的にないことも。

今日も惰性のまま疲れた体に鞭《むち》打って、娘たちに会う。やっぱり全然見分けがつかない。

（どうしよう……）

どうしようもなかった。我ながら最悪である。

それでも始めたからには最後までやり遂げようと、渋々ながらも妃候補の娘たちと会い続けたのだが。

（朱家の娘二人は、やたらと強烈だったな……）

おかげで申し訳ないが、もはや他家の娘たちのことは、何一つ思い出せない。

初めに会ったのは、翠花という名の美しい少女だった。

彼女が今まで会った娘たちの中でも格別に美しいことは、風龍にもわかった。

なんせ節穴な彼の目でも、しっかりと見分けがついたので。

翠花は他の娘たちとは違い、派手な格好をしているわけでもなく、高価な装飾品をつけているわけでもなかった。

けれどもその存在自体が、周囲から浮き上がって見えた。

清らかな雰囲気を纏っており、いやらしさを感じさせず、おかげで彼女といる間、風龍はこれまでの娘たちから受けた性的な圧迫感を感じずにいられた。

そして風龍と目が合った瞬間に、その整いすぎてどこか冷たい印象のある顔を、ふわりと微笑みの形にしたのだ。

あまりの美しさに、風龍は思わず魂が抜けそうになった。

彼女は風龍を前にして、歌を歌うわけでも舞を舞うわけでもなく、詩を誦《そら》んじることもなかった。

『私は殿下のお話をお聞きしたいのです』

ただそう言ってわずかに頬を赤らめると、風龍のさして面白くもない世情の話を楽しそうに聞いてくれた。

時折不快にならない程度に差し込まれる翠花の意見は実に的を射ており、風龍は時間を忘れて彼女との会話を楽しんでしまった。

女性との会話を楽しいと思ったのは、これが初めてだった。

おかげで時間が押していると宦官に急かされるまで、すっかり話し込んでしまった。

『またお会いできることを、心より願っておりますわ』

そう言ってまたあの美しい微笑みを浮かべ、わずかに切なげな顔をした後、彼女は立ち去った。

風龍はその余韻を噛みしめ、しばしの間、ぼうっとしてしまった。

彼女にまた会いたいと、強く思った。

それが全て翠花の計算通りであることなど、初心な彼は、もちろん全く気づかなかった。

そして次に顔を合わせた美暁という名の娘は、その翠花の妹だという、どこか中性的な雰囲気の少女だった。

その娘もまた美しい容姿をしており、やはり翠花と同じく派手な格好をしているわけでもなく、高価な装飾品をつけているわけでもなかった。

だがその理由が、翠花とは同じようで全く違った。

なんと美暁は、やる気がないからそんな格好をしていたのである。――何故ならば。

(私ではなく、父上が目的だから)

彼女との会話を思い出し、風龍はまた吹き出しそうになってしまった。

(そうだな。できるだけ協力してやろう)

どうせ駄目で元々なのだ。美暁にはぜひ当たって砕けてもらおう。

そして、一縷《いちる》の望みに賭けてみるのも面白い。

皇帝の居室に着けば、すでに父は料理が並べられた卓に座っていた。

風龍は膝をつき、皇帝に対する礼をとる。

するとそれを見た父の眉間に、わずかに皺が寄った。

いつもなら不快な思いをさせてしまったかと慌てる場面であるが、何故か今日はそう思わなかった。

「私的な時間に、そのような礼は不要だ」

冷たい声で言われるその言葉も、やはり普段より気にならない。

いつもなら「私は息子である前に臣下ですので」などと言って、許しが出るまで礼を継続する場面であるが、風龍は父の言葉に従い、素直に礼を解き立ち上がった。

「……はい、父上。このたびはお時間をいただきありがとうございます」

皇帝の言葉は深読みするまでもなく、ただそのままの意味なのだと美暁は言った。

どうやらそれは正しかったらしい。父の眉間から先ほどまでの皺が消えていた。

それどころか、表情がいつもより柔らかくなっている。

どうやら父上と呼ばれて、喜んでいるらしい。風龍は驚く。

(……私はずっと、勘違いをしていたのかもしれないな……)

「いや、私もずっとそなたと話せていなかったからな。機会を得られて嬉しい」

相変わらずほとんど表情は動いていないのだが、どこかそわそわしているように感じる。

きっと本当に、息子との時間を嬉しいと思ってくれているのだろう。

確かにこの人は自分の無表情に無自覚なのだ。そう思ったら、あまり怖くなくなってしまった。

それどころか久しぶりの息子との交流に喜んでいる父が、何やら可愛らしく思えてしまう。

もっとちゃんとよく見ていれば、わかったはずなのに。

勝手に畏《おそ》れて敬って父から距離を取ったのは、風龍の方だったのかもしれない。

相変わらず淡々と、けれどもいつもよりずっと会話は弾んだ。

「そういえば、先日から後宮に足を向けていると聞いた」

そしてその言葉に風龍はまた驚く。

どうやら父は思った以上に、息子の行動を把握しているらしい。

「あ、はい。やはり後宮に入った娘たちを、ぞんざいに扱うわけにはいかないと思いまして」

「なるほど。そなたらしいな。……それで、気に入った娘はいたのか？」

「………！」

父に聞かれ、すぐに思い出したのは翠花のことだった。

他の娘たちのことは、ちっとも思い出せなかった。

そして押し黙ってしまったそのわずかな時間に、気になる娘がいることを父に悟られてしまったらしい。

「どこの娘だ？」

「ええと、朱家の……」

言いかけた瞬間、父の眉間に深い皺が寄る。風龍は条件反射で小さく体を震わせてしまった。

「……翠花という名の娘でして」

名まで言えば、父の眉間の皺が取れた。やはり問題は、あの阿呆な美暁の方であったらしい。

「なるほど。朱家自体には何も問題はない。家格的にも、当主的にも」

あの娘を除いては、という声が続いた気がした。

（あいつ。本当に、父上に何をしたんだ……？）

いつも淡々としている父の感情を、これほどまでに揺らすなんて。

風龍は大いに心配になった。

父に売り込んでやるなどと嘯《うそぶ》いてしまったが、すでに無理そうである。

父の中の美暁への好感度は、今のところ地を這っているようだ。

「いや、その、朱家のもう一人の娘も、そう悪い人間ではないのですが」

多分、良い人間でもないだろうが。あまり援護になってないことを、風龍は思った。

すると父の眉間にまた谷間ができた。本当に奴は一体何をしたのか。

「……今のまま後宮を残すつもりはない。ただ、野心ある者たちを炙《あぶ》り出すのに都合が良くてな」

「あ、やっぱり今回の件、何か裏があったんですね」

風龍はほっと安堵の息を吐いた。このまま百数人妃を娶れと言われたら、どうしようかと思っていた。どう考えても自分の手には余る。

「そなたに皇帝の座を明け渡す前に、この皇宮をできるだけ掃除しておきたいからな」

やはり近いうちに、父は譲位を考えているらしい。

それを聞いた風龍の心がずんと重くなる。どうかもう少し待ってほしいと思うのは我儘だろうか。

若輩者の自分には、あまりにも荷が勝ちすぎている。

「……父上、私はまだ皇帝になる自信がありません」

勇気を出して本音を口にしてみれば、不思議そうに首を傾げられてしまった。

「大丈夫だ。そなたはあの方の息子なのだから。問題ない」

その信頼もまた重い。風龍は何やら泣き出したい気持ちになった。

「父上は、皇帝であることになんの未練もないのですか？」

父がどれほど心を砕いて、この国を守ってきたか知っている。

それをこんなにも簡単に投げ出してもいいのか。

「……ないな。私の役目はあの方から引き継いだこの国を、何一つ欠かすことなくそなたに引き継ぐことだけだ」

父は名君であると、風龍は思う。

確かに皇帝として名高いのは、宝剣の主人であった母の方だろう。

だが彼女はその在位中のほとんどを戦いに費やし、そして暗殺により若くして命を落としたため、在位期間も短かった。

その後残された荒れた国を平定し、安定した国家運営をなしたのは、父だ。

それなのに彼は、全く皇帝の座に執着しないのだ。

あくまでも自分は繋ぎの立場であることを明確にしており、その座に居座るつもりがまるでない。

父のあまりの頑なさに、風龍はため息を吐く。

おそらくこの人は、皇帝位どころか、全てのことに執着がないのだろう。

とっとと隠居して、亡くした妻を偲びながら一生を終えるつもりなのだ。

（そんなの国の損失にも程があるだろう……？）

そして半人前にも程がある息子に、全部押し付けようとするのはやめてほしい。まだ無理だと、もう少し頑張ってくれと、子供の頃のように床に転がって泣き叫びたい気分だ。

「しかしそなたからこんなにも話しかけてもらえるとは。嬉しいことだな」

相変わらずほぼ無表情のまま、けれどもわずかに頬を緩めてのほほんと言う父に、風龍は複雑な気持ちになる。

「例の、朱家のおかしな方の娘に言われまして」

やはり父の眉間に皺が寄る。次に美暁に会ったら皇帝陛下に何をしたのか事細かに聞き出そうと思う。

「私が父上に話しかけたら、父上は絶対に喜ぶはずだと」

父の自分と同じ血のように赤い目が、わずかに見開かれる。

「……ずっと父上は、私に関心がないのだと思っていました。そうしたらあの娘は、絶対にそんなことはないと、強くそう言ったのです」

どうやらそれは正しかったようです、と言って風龍が笑えば、父はほんの少し眉を下げ、困ったような顔をした。

「……その、おかしな方の朱家な娘だが……」

「朱美暁です。父上。自分で言っていて何やら可哀想になってきたので、名前で呼んであげてください」

「……その、朱美暁だが。そなたはその娘のことを憎からず思っているのか？」

眉間に皺が寄ったままの父の言葉に、風龍は目を丸くした。

確かに美暁とは翠花よりも長い時間話をし、私的なことまで相談してしまったのだが。

「不思議とあいつだけは絶対にそういう対象にならないという、確たる自信がありますね……」

自分でも何故だかわからないのだが、それだけは絶対だという自信がある。

あれは、風龍の中で女性の枠には入らない。

「そもそもあやつの狙いは、私ではなく父上です」

「…………は？」

「なんでも私の妃ではなく、私の母になりたいのだそうですよ」

普段あまり動かない父の顔が、非常に珍しく盛大に引き攣った。

これまで見たことのない父の顔に、思わず風龍は声を上げて笑ってしまった。

第四章　白蛇の恋

その少年は、『蛇』と呼ばれていた。

彼の子供の頃の一番古い記憶は、暗い蔵の中だ。

両親とは全く違う色の抜けた銀の髪と、血がそのまま透けたような赤い目、白すぎる肌をして生まれてきた彼は、その見た目から蛇憑《つ》きだと言われ蔵に閉じ込められた。

もし本当に蛇が憑いているのなら、殺せば家が祟《たた》られるかもしれない。

それを恐れた家族から、殺されることこそなかったが。

ただ殺されないだけであり、ただ生かされているだけだった。

暗い蔵の中に閉じ込められ、死なない程度の世話と食事を与えられるだけの日々。

時折使用人などが、鬱憤《うっぷん》晴らしのためか、『蛇』に殴る蹴るの暴行を加えた。

痛いのは辛かったが、殺されるほどではなかったので『蛇』は身を小さくして耐えた。

手の届かない高い位置にある小さな窓だけが、『蛇』と外の世界を繋いでいた。

自分はこの暗い小さな世界で一生を終えるのだと、そう思っていたのに。

ある日、父親だと名乗る初めて会った男に、彼は突然蔵から引きずり出された。

初めて出た蔵の外は眩《まぶ》しすぎて。色素の薄い赤い目が眩《くら》み、酷く痛んだ。

そして嫌そうな顔をした女たちに、汚いだの気味が悪いだの言われながら体中を洗われ、動きづらい布を何枚も被せられた。

『陛下も何故こんなものをご所望になられたのか……！』

そう言って、父親だという男が『蛇』を忌々《いまいま》しげに睨んだ。

どうやら自分は、皇帝陛下という父親よりも遥かに偉い人間の元へ、連れていかれるらしい。

なんの教育も与えられていない『蛇』には、何もかもが恐ろしく感じた。

やたらと揺れる箱の中に長時間入れられ、驚くほど大きな建物の中に連れていかれ、金の装飾が至るところに施された絢爛《けんらん》豪華な広い部屋の床に額を押し付けられ這いつくばらされて。

一体何が起こるのかと、こんなことならあの暗い蔵に帰りたいと、『蛇』は恐怖に震えた。

その時、凛《りん》とした声が頭上から降ってきた。

『——面を上げよ』と。

そして命じられるまま顔を上げた、『蛇』の目に映ったのは。

これまで見たことがないほど美しく、清廉な存在だった。

艶やかな黒髪は首元で緩く纏められているだけ。質素な袍を身に纏い、肩に六本爪の龍が刺繍された衣をかけている。

身につけた衣装だけならば、父の方がずっと派手だ。だが彼女には圧倒的な存在感があった。

そんな人が、意志の強そうな青い目で、『蛇』をじっと見つめていた。

きっと、これが『神』と呼ばれる存在なのだと、『蛇』は思った。

彼女以上に美しいものを、雪龍はその後の人生を含めても、未だ他に見たことがない。

『そなた、名は？』

『へびとよばれております』

そう言えば、彼女は不快そうに眉を吊り上げた。

『なんじゃその碌でもない名は。捨ててしまえ』

どうやら怒らせてしまったらしい。『蛇』はまたぷるぷると体を震わせる。

申し訳ございませんと、詫《わ》びようと思った。

そうすれば自分に対する暴力が一瞬軽くなることを、これまでの経験則で知っていたからだ。

『その代わり、妾が名を付けてやろう』

『もうし……え……？』

すると彼女は突然そんなことを言って、じいっと、『蛇』の顔を覗き込んだ。

『ふむ。確かにそなたは全体的に白いが……白ではあまりにも安直であるな……それなら雪でどうじゃ』

『ゆき、でございますか？』

『ああ、そしてそなたは妾の、つまりは皇帝の夫となるのだから、『蛇』ではなく『龍』であろうよ』

皇帝陛下は何やら考え込んでぶつぶつと呟くと、しばらくしてまっすぐに幼い彼を見た。

『――そなたの名前は、今日から『雪龍』じゃ』

良い名前だと自画自賛しながら得意げにうんうんと頷く彼女を見ていたら、何やら胸の辺りが妙にくすぐったくなった。

名付けられたその瞬間から、雪龍は彼女の所有物となり、彼女は雪龍の世界の全てになった。

『のう、雪龍』

『………はい』

そして雪龍と名付けられた少年は、この国の皇帝陛下の夫となった。

誰からも忌み嫌われる蛇憑きが、ある日突然この国で二番目に尊い人間となったのだ。

妻となった随分と年上の美しい女帝、『凜風』はとても敵の多い人だった。

常に命を狙われているせいで、常に極限状態にあり、常に何かに怯えていた。

そんなことを感じさせないよう、普段は強気に見せていたが、時にぽろりと弱い言葉をこぼした。

『妾は、信じられるものが欲しいのじゃ』

それは彼女の、どこまでも切実な、頑是ない願いであった。

誰も彼もがあまりにも容易く彼女を見下し裏切る。ただ、女帝であるというだけで。

(――ああ、ならば私だけは、決してこの方を裏切るまい)

寂しい彼女の言葉に、雪龍はそう誓った。

もちろん賢い雪龍は、自分が彼女に利用されていることをしっかり把握していた。

凛風は己自身が皇帝として動くために、男として機能しない夫を必要としていた。

妻に逆らわず、政務に口を出さず、子を孕ませることもできない。

ただ存在しているだけの、都合の良い夫を。

だからこそ子供であり、物を知らず、そして愛に飢えているがゆえに御しやすいとされて、雪龍は彼女の夫に選ばれたのだ。

碌でもない幼少期を過ごしたという自覚はあるが、そのおかげでこの地位につけたのだから、世の中何が幸いに転じるかわからないものである。

雪龍は凛風に拾われてからというもの、ずっと幸せだった。

『そなたの髪は、銀をそのまま糸にしたかのようじゃ』

そう言って、これまで気持ちが悪いと唾棄《だき》されていた色の抜けた銀の髪を、気安く撫でてくれる。

『そなたの目は妾の好きな紅玉のようじゃ』

そう言って、悍ましいと言われ続けた血の透けたように赤い目を覗き込んで笑ってくれる。

『妾はそなたがこの世で一番可愛い。だからどうか、幸せになっておくれ』

人に幸せを願われるのは、生まれて初めての経験だった。

これまで雪龍が家族から受けていた扱いについても、我が事のように怒ってくれた。

『あやつら信じられぬ。こんなに愛い雪に、よくもそんなことを』

人が自分のために怒ってくれたのもまた、生まれて初めての経験だった。

『どうじゃ。そなたを酷い目にあわせた家族に、仕返してやりたいとは思わぬか？』

そして怒り狂った彼女にそう唆《そそのか》されたが、凜風のそばで過ごしている今は、元家族など心底どうでも良くなっていた。

『もうどうでも良いのです。そんなことで、凜風様の手を煩わせたくありません』

『そうか。雪は優しい子じゃのう』

しかしその後しばらくして何故か突然雪龍の実家が没落し、一家離散となったという話を聞いた。

だが雪龍は、やはりそんなこともどうでも良かった。

『幸運の白蛇を、家から逃してしまったからではないのか？　愚かしいのう』

自分が密かに手を下したくせに適当なことを言って、それ見たことかとばかりに自慢げに笑う凜風がとても眩しかったので。

雪龍は人に特別に大切にされるということを、初めて知った。

それなのに凜風は、時折罪悪感に塗れた目で雪龍を見つめた。

哀れな子供を己の事情に巻き込み、搾取してしまったとでも思っているのだろう。

皇帝なのだから、蛇憑きの子供の一人、使い潰したところで、誰も何も言うまい。

だが血塗れの皇帝と恐れられながらも本来根がお人好《よ》しな彼女は、そんなこともできないのだ。

その眼差しを受けるたびに、雪龍は安堵し、満たされた気持ちになった。

情の深い彼女は、その罪悪感を抱えている限り、決して雪龍を捨てることはないであろうと思ったからだ。

だからこそ雪龍は、さらに凜風が罪悪感を抱えるよう、彼女に尽くす健気な子供であり続けた。

少しでも長くそばにいられるよう、学問を修め、剣術を学び、己に利用できる箇所を増やした。

雪龍が努力すればするほど、凜風の目に罪の意識が深まっていく。

わざと寝食を忘れて勉強すれば、『そんなに無理をしなくて良い』と言って、一緒に食事をする時間を作ってくれたり、手を引いて寝台に連れていき、寝かしつけてくれたりする。

端的に言って、最高である。人に甘えるということを、雪龍は初めて知った。

なんせ神にも等しい宝剣に選ばれし皇帝陛下が、穢らわしい蛇憑きと蔑まれた自分のそばにいて心を砕いてくれるのだ。

そこに、仄《ほの》暗い喜びがあった。凜風に構われることで、雪龍は自分の存在意義を得たのだ。

太陽の下に出て栄養のある食事を取り、体を動かすようになって、それまで押さえ付けられていたものが一気に花開くように、雪龍は大きく成長した。

あんなにも大きく偉大に感じていた凜風の背も、あっという間に超えてしまった。

『妾の可愛い雪があっという間にこんなにも大きく……！』

なんたること……！　男の成長期怖い……！　などと言って凜風は自分より大きくなってしまった雪龍を見上げ衝撃を受けつつも、誰よりもその成長を喜んでくれた。

その頃から、彼女に気軽に引かれる手が、妙に汗ばむようになり。

寝台に連れ込まれれば、妙に体が熱くなり眠れなくなった。

そして己の中に存在する欲に、雪龍は気づいてしまった。

結婚し五年が経って、夫である雪龍は妻である凛風を、女性として意識するようになっていた。

だが自分より遥かに図体《ずうたい》が大きくなった雪龍を、凛風は相変わらず子供として扱う。

このまま彼女に子供として愛でられていたい心と、男として意識されたい心が、雪龍の中でせめぎ合い、彼を苦しめた。

正しく夫婦になれたのは、そのせめぎ合いが始まってさらに三年以上が経った頃のことだ。


『お慕い申し上げております。どうか私を、ちゃんとあなたの夫にしてください』


一世一代の勇気を出して、雪龍は凛風の前に跪《ひざます》き、無様に縋った。

するといつも余裕を持って彼をあしらう彼女が、初めて動揺した。

顔を真っ赤にして、しどろもどろになって、何度も逡巡《しゅんじゅん》した後で。

『……仕方がないのう』

そう言って、青い目を細め潤ませて、年上の矜持からか渋々な体《てい》で受け入れてくれたのだ。

幸せで、幸せすぎて。雪龍は天にも昇る気持ちになった。

——その後すぐに、永遠の別れが来ることなど、思いもせずに。

◇◇◇◇

今日もいつものように、雪龍は妻との思い出の四阿に向かう。

かつて仕事の息抜きに、凜風はよくここで時間を潰していた。

何もない地味なこの空間がたまらないのだと言って、こっそりと雪龍だけに教えてくれた。

四阿の中に入り、かつての彼女と同じように壁に寄りかかって目を瞑る。

今でも愛してやまないのに、時が経つたびに容赦なく記憶が薄れていく。

在りし日の記憶を必死に取り戻すように、彼女を偲ぶ。

『絶対に陛下には幸せになっていただきたいのです……！』

すると何故か、あの頭がおかしい方の朱家の娘の顔が思い浮かんでしまった。

雪龍は思わず、眉間に深い皺を刻む。

何故だろう、あの常識のない少女が、どこか妙にあの方に重なる。それが腹立たしい。

ただただ幸せになってくれと、一方的に雪龍に押し付けてくるその姿勢のせいか。

四阿であのおかしな娘と初めて遭遇した時。

思い出の場所に踏み込まれたという怒りに駆られ、雪龍は彼女に剣を突きつけた。

だが、その少女はさして怯えることなく雪龍の目をまっすぐ見つめると、ここにいる言い訳を始めた。

向かい合い、少し話しただけなのに、ぞわぞわと心がざわついた。

——あれは、一体なんだったのか。

息子である風龍の妃候補として後宮に来たくせに、雪龍に恋をしたと宣う、ふざけた娘。

「——そこにいるのはわかっている。出てくるがいい」

気配を感じ、その方向へ鋭い声をかければ、草むらががさりと音を立て、そこに隠れていたのであろう赤い頭がわずかにぴょこんと見えた。

おそらく突然声をかけられて、驚き飛び跳ねてしまったのだろう。

そしてすぐにその草むらからバツの悪そうな顔をして、朱家のおかしい方の娘、朱美暁が出てきた。

彼女が毎日のようにここで身を潜めていることに、雪龍は気づいていた。

何かしらの行動に出たら、返り討ちにしてやろうと思っていたのに。

この娘ときたら、ただずっと雪龍を見ているだけなのだ。何やらねっとりとした視線で。

彼女の真意が全くわからず、日が経つたびに次第に雪龍も気味が悪くなってきて、本日とうとう声をかけてしまった。

「申し訳ございません。ちゃんと気配を消していたつもりなのですが……」

全くもってそういう問題ではない。

大体何故貴族の年頃の娘が、気配を消す術などを持っているのか。

しかも雪龍のように武芸に通じた者でなければ気づけないほどの、熟練の密偵のような気配消しである。明らかにおかしいだろう。

「……いい加減にするがいい。お前の目的は一体なんだ？」

罪を問いただすように厳しい口調で聞けば、美暁は胸の前で手を組み、うるうると目を潤ませて口を開いた。

「どうしても皇帝陛下のお姿を一目でも拝見したくって……！　どうぞ私のことは庭園の木の一本とでも認識してくださいませ。決してお邪魔はいたしませんので！」

息子が言う通り、やはり彼女の目的はただひたすらに雪龍であるらしい。

流石の雪龍も、何か悍ましいものを見るような目で美暁を見てしまった。

すると彼女は照れて、むしろ嬉しそうな顔をした。何故だ。

「嗚呼、その冷たく見下すような目も素敵でございますね……！　やはり陛下は存在自体がこの国の宝です……！」

大人気なく剣を抜きそうになるのを、雪龍はぐっと堪えた。

この少女はきっと、頭の病か何かなのだろう。仕方がない。仕方がないのだ。

「私は陛下がこの世に生きて、呼吸をしてくださっているだけで幸せなのです！」

「そうか……それはよかったな……」

それ以上に、もう何も言うことができなかった。

あまりの全肯定に耐え切れず、雪龍は美暁から目を逸らす。

物心ついた頃からずっと家族に蔑まされて生きてきたからか、雪龍は人の蔑む目に敏感だ。

どれほど巧妙に隠そうとしても、他人への侮蔑の感情は言葉や行動から滲み出てしまうものだ。

だが目の前の美暁からは、それらを一切感じない。

つまりは心の底から、雪龍をこの国の宝だと、彼が呼吸するだけで幸せだと思っているのだ。

雪龍の背筋がまたしてもぞわりとした。今度は不快とは言い切れない何かで。

「……それで、お前は一体何者だ」

「ええと、ですから皇太子殿下の妃候補として朱家から参りました――」

「気配の消し方も、素人のものではない。さらには年齢の割に肝が据わりすぎている上に、それなりに警戒心が強いはずの皇太子までもが丸め込まれている。ただの貴族の娘では、あり得ない」

わかりきったことを言おうとする美暁の言葉を遮り、雪龍は問いただした。

そう、最愛の息子までもが美暁のことを『悪い人間ではないと思う』などと言い出したのだ。

悩みを相談したら、実に的確な返事がもらえた、などと言って。

「そなたを怪しく思って朱家を調べさせたが、驚くほどに何もなかった」

この娘の実家である朱家を、手飼いの密偵に探らせたが、怪しい点は何一つ見つからなかった。

どこもかしこも清廉潔白。信じ難いことに、貴族でありながら平民たちにも慕われているようだ。

「でしょうね。うちの両親は今時珍しいほどに善良な人たちですので」

「まあ、朱家には袍を着て馬を駆り、剣を振り回す頭のおかしい姫がいるそうだが」

そしてその家の末娘である美暁もまた、「姫様」と平民たちに呼ばれ慕われていた。

男装をし、街に降りては色々な者たちに気軽に話しかけているらしい。

「ああ、それは私のことですね！」

褒めてなどいないのに、やはり何故か照れくさそうにしている。

あまりの嫌味の通じなさに、思わず雪龍は遠い目をしてしまった。

やはりこの娘、阿呆である。怪しい点は多々あるのに、何故か毒気を抜かれてしまう。

こんな風に他人に振り回されるのは、妻が亡くなって以来かもしれない。

「……陛下は私のことを、疑わしく思っていらっしゃるかと思いますが」

「…………」

どうやら一応、雪龍の言わんとしていることはわかっていたらしい。

当たり前のことなのに、雪龍は何故か安堵してしまう。

「実は私は、ただの天才なんです」

「……ただの天才？」

『天才』という言葉と『ただ』という言葉は対極にある気がするのだが。

「苦労せずとも何もかもが人並み以上にできてしまうんです。そう、張り込みとか尾行までも」

「…………」

自分の才能が恐ろしい、などと宣い身悶《みもだ》える美暁を、雪龍は冷たい目で見やった。

「よって安心してください。私は人畜無害です。ただ陛下をお慕いしているだけなんです」

なるほど。確かに天才となんとやらは紙一重ということらしい。

すると美暁は、まっすぐに雪龍の目を見据えた。

血のように赤い目をしているからか、人は無意識下に恐怖を覚えるらしく、雪龍としっかりと目を合わせられる人間はそう多くない。

こんな風に他人にまっすぐに目を合わせられるのは、随分と久しぶりだ。

だから、小さく心臓が跳ねたのは、きっとそのせいだ。

「――私はあなたを絶対に裏切りません。私には、陛下だけです」

そしてその言葉に、何故か体が震えた。たった二度会っただけの、薄っぺらい小娘の言葉に。

けれどもなんと言い返せば良いのかわからず、雪龍は困ったように眉を下げた。

「……もうすぐ秋ですねぇ」

しばらく黙っていると、そんな雪龍の困惑に気づいたのか、話題を変えるように色付き始めた庭園を眺めて美暁は呟く。

雪龍が言葉に詰まると、そうやって助け舟を出してくれる。そんなところもあの方に重なる。

「そうしたら冬が来て、雪が降りますね。私、雪が好きなんです」

確かに随分と肌寒くなってきた。彼女の視線を追い、雪龍もわずかに色付いた葉を見つめる。

「……もうお気づきかもしれませんが、実りの季節を過ぎたら、北から騎馬民族が攻め込んでくるかもしれません」

突然の不穏な言葉に、雪龍は訝しげに片眉を上げる。

「……何故そう思う」

「彼ら騎馬民族は牧羊で生計を立てています。けれども今年は雨が少なく草が育たなかったので、おそらく羊が痩せているでしょう」

ある程度水路が整備されているこの国ならばともかく、北域の異民族たちの生活は天候によって大きく左右される。

食べるものがなくなれば、次の彼らの行動は明確だ。ないのなら、奪えばいい。

つまり平地に生きる者たちからの、略奪。

その可能性については、雪龍もすでに皇帝として把握していた。

「……確かに北の地域より、陳情が上がっている。異民族たちが略奪の準備をしているようだと」

「やっぱりそうですか。なんとか戦《いくさ》にならないと良いのですが」

この国とて食糧に余裕があるわけではない。

雨不足はそれなりに深刻で、収穫量は明らかに例年よりも落ちている。

その貴重な食糧を、のうのうと奪われるわけにはいかないのだ。

しかし何故そんなことを、一介の貴族令嬢が知っているのか。

「……そなたであれば、攻め込んできた騎馬民族を相手にどう戦う？」

ふと、興が乗って雪龍は美暁に聞いてみた。この娘なら、どう異民族と戦うのか気になったのだ。

すると美暁は顔を輝かせ、滔々《とうとう》と語り出した。

「そうですね……、被害を減らすためできるだけ早い段階で撃退したいところですが。高地での戦いは我が国の兵には非常に不利です。低地で動くことと、高地で動くことは、全くの別物ですから」

「……ほう」

「私も時々獲物を追って山に登ることがあるんですが、高いところに行けば行くほど不思議と呼吸が苦しくなるんですよ」

何故貴族のご令嬢が、獲物を追って山に登る必要があるのか。

少々疑問が湧いたが、雪龍は黙って先を促す。

「よって高地での戦いは、環境に慣れている騎馬民族に圧倒的に遅れを取ることになりますので、避けるべきだと思います」

「……ほう。それで」

「撤退するように見せかけて弓兵を配置した平地まで誘《おび》き寄せ、彼らの乗った馬を狙います。まずはその機動力を削《そ》ぐべきかと」

彼らが育てた馬は、傾斜の多い高地で培われた筋力と、薄い空気によって鍛えられた肺活量によって、非常に速く勇敢だ。だからまずは、そこを削り落とさねばならない。

「地に落ちれば彼らの戦力は一気に落ちます。後は我が国の圧倒的兵数で駆逐してしまえばいい」

騎馬民族は一人一人が大きな戦力であるが、細かい部族に分かれており纏まりがなく、そして何より兵数自体が少ない。

――一騎当千の兵士でも、万の兵を当てれば落ちる。そう言って、美暁は笑った。

「……なるほど。私の考えとほぼ変わらぬな」

雪龍は感嘆の声を漏らした。

彼自身、何度も騎馬民族と戦った。だからこそ彼らとの戦い方はよく心得ている。

一度完膚《かんぷ》なきまでに叩きのめし追い払ってからというもの、彼らがこの国に降りてくることはなかったのだが。

今回の食糧危機により、生存を賭けて彼らは決死の覚悟で攻めてくることだろう。

（……それだけは私がなんとかせねばならぬな）

流石に風龍には、荷が重いだろう。

優秀な子だが、未だ実戦経験はない。自分や亡き妻と違い、彼は平和の中で育ってきたのだ。

国を統治する上で発生する暗部は自分が引き受け、息子にはできるだけ綺麗な状態で、この国を引き渡してやりたいのだ。

「陛下の考えが私と一緒だなんて……！　これはもう運命では……!?」

雪龍が対応を考え込んでいると、美暁が体をくねらせながら、また阿呆なことを言い出した。

少しは見直したというのに、色々と台無しである。

冷たい目で見やれば、彼女は誤魔化すようにへらへらと笑う。

「まあ、それでもやっぱり戦争は起こさないに越したことはないので、和睦の道も探れたら良いのですが」

「……あちら側に、話し合いにまともに応じられるような人間がいない」

騎馬民族たちは血の気が多く、好戦的だ。

かつてこの国でも何度か話し合いの場を持とうとしたが、その全てが失敗に終わっている。

「うーん。たとえば互いに正当な対価をもって、交易をするというのも難しいですかね」

彼《か》の国は羊毛であったり馬であったり、さらには地下から金や銀も産出されると聞いたことがあると美暁は言った。

確かに彼らが育てた馬は、この国でも高値で取引されているし、金や銀ならば価値が安定しているから、異民族であっても取引したいと考える商人は少なくないだろう。

「やっぱり戦争をするよりは、圧倒的にお金も人的損失もないと思うので」

確かに食糧を略奪されるよりも、相応の対価でもって引き換える方が、双方にとって傷が浅くて済む。

「……なるほど。それなら確かに可能性があるかもしれぬ。糸口を探ってみよう」

雪龍が顎に手を当てて考えていると、美暁が嬉しそうに微笑んだ。

その笑顔に妙に既視感があって、やはり心臓がぞわぞわとする。

「やっぱり陛下はお優しい人ですね。私のような怪しい者が言った言葉ですら、ちゃんと考えてくださる」

「……そなた、ちゃんと自分が怪しい自覚があったのだな」

すると美暁は少し不服そうに、小さく唇を尖らせた。

皇帝たる雪龍に不服であることを示すなど、不敬以外の何物でもないのだが。

何やらその尖った唇を可愛らしく思ってしまい、雪龍は内心頭を抱えた。

息子だけでは飽き足らず、自分までもが丸め込まれかけている。これはいけない。

「それと陛下、そろそろお時間ではございませんか？」

美暁に言われて、雪龍ははっとする。

確かにこの後、恒例である会合の予定が入っていた。

すまない、と言いかけて、何故彼女が自分の予定を把握しているのかと、背筋が冷えた。

皇帝の予定《スケジュール》は、基本的に国家機密である。

雪龍の視線に、彼が言いたいことを察したのだろう。美暁はまた照れくさそうに笑って言った。

「私、陛下がこの四阿にいらっしゃるのを、大体いつも見守っておりますので。陛下の基本的日程

は大体把握しております！」

（そういえばこやつはただの粘着者《ストーカー》であったわ……）

またしても雪龍の顔が盛大に引き攣る。流石に己の予定を勝手に把握されるのは、良い気分はしない。

うっかり絆《ほだ》されるところであった。危なかった。

「……やめろ。そしていい加減にしろ」

「気配を消してそっと物陰からお姿を拝見するだけです！　ご迷惑はおかけいたしませんので！お目溢《こぼ》しいただけますと……！」

それだけでも、しっかりと不快は不快なのだが。

「今後もぜひ私のことは、風景の一部だとお考えいただければ……」

ふざけるな、と思ったのに、縋るような目で見られたら何故か何も言えなくなってしまった。

どうにもこの娘を前にすると、調子が狂う。

雪龍は一つ深いため息を吐くと、何も言わず美暁を無視して、そのままその場を後にした。

◇◇◇◇

（これは、お許しいただけたということで、いいのかな？）

つまりは、今後も付き纏ってもいいということで。

どこか疲れを感じさせる雪龍の背中を見送りながら、美暁は実に自分の都合の良いように捉えた。

己がいわゆる粘着性変質者であることは重々承知しているのだが、今や手段を選んでいる場合ではないのだ。

前世の雪龍との記憶を必死に引きずり出して、彼の許容範囲の限界を見極めつつ果敢に攻め込み、こうして距離を詰めているところである。

（……申し訳ないけれど、時間がない）

正直なところ美暁に向けられる雪龍の冷たい視線も、ぞんざいな態度も、しっかりと彼女の心を傷つけている。

だがそれ以上に彼の心を傷つけた自覚があるから、その程度の痛み如きにかまけてはいられないのだ。

（それにしても今日はたくさんお話をしてしまった……！）

雪龍との会話を反芻しつつ、喜びのあまり美暁は小さく飛び跳ねながら自室へと向かう。

頭の中がふわふわとしている。なんてことはないいつも通りの風景すら輝いて見える。

恋の力ってすごい、などと思う。こんな気持ちは、前世では味わえなかった。

美暁の話を聞く間、雪龍は何度か指先で顎に触れた。

それは子供の頃から、彼が何かを考えている時によくする仕草だった。懐かしくてたまらない。

やはり雪龍は変わらず優しいままだ。

美暁のような、頭の天辺から爪先まで何もかもが怪しい人間の言葉も、ちゃんと聞いて考えてくれるのだから。

(それにちゃんと北方対策も考えているようだし)

この機会にと念のため話してみたのだが、すでに雪龍は把握済みだった。

流石は自分亡き後、この国を十数年支え続けた皇帝陛下だ。

よく考えれば彼の在位期間は、すでに凜風を遥かに超えているのだ。心配するまでもなかった。

(……むしろ私が口を出すのって、相当に烏滸がましいのでは……?)

そう思い至り、途端に美暁を猛烈な羞恥が襲った。

しかも会話が続くことが嬉しくて、自分の考えた最高の戦術まで得意げに語ってしまった。

この十数年異民族からこの国を守り続けた、皇帝陛下に対して。

つい前世の記憶に引きずられ、いい気になって上から目線で物を言うなんて。

痛すぎる自分に、美暁は心の底から反省した。きっと雪龍も不快な思いをしただろう。

今の自分は彼にとって、ただの通りすがりの小娘に過ぎないのだから、弁《わきま》えねば。

そう考えたら、またしても美暁の胸がしくしくと痛み出した。

(しんどいな……)

帰りたい。ただ彼に愛を捧げられていた頃に。

また彼に、愛しげな目で見つめてもらいたい。

かつて当たり前のように与えられていた彼の心が、今ではこんなにも遠い。

死んだ後で、こんなにも彼への恋を自覚するなんて、本当に愚かだと思う。

うっかり視界が潤んでしまい、美暁は瞬きを繰り返して涙を払う。

そう、自己憐憫《れんびん》をして浸っている場合ではないのだ。

嘆いたところで、何も変わらない。だったら行動あるのみである。

前世では、雪龍の愛情表現が露骨でわかりやすかったので、凜風はそれに応えるだけでよかった。

だから恋の苦しみなんて、報われない辛さなんて、感じたことがなかったのだ。

つまりこれは、初めての片想いであり、初めて知る恋の切なさと痛みである。

（初めての経験を楽しもう。いつか憎からず思ってもらえるかもしれないし）

千里の道も一歩からである。たとえそれが、ただの粘着行為であっても。

「――今日も最高に気持ちが悪いわ。あなた」

そして意気揚々と部屋に帰った美暁から、その戦果報告を受けた翠花は、すぱっと切り返した。

「……最近その言葉が、むしろ褒め言葉に感じるようになってきました」

「そう、褒めてないわよ。私も陛下も。残念ね」

今日も親友は情け容赦ない。だが暴走しがちな美暁に、現実を突きつけてくれるのはありがたい。

「恋とはままならないものですね……」

「相手が悪すぎるのよ。あなたの場合。もういい加減にしたら？　そのうち本当に首を切られてしまうわよ」

翠花の言葉は厳しいが、心配して言ってくれていることはわかっている。

彼女は、美暁が皇帝を怒らせ、その場で斬り殺されてしまうことを恐れているのだ。

「あなたが何かをやらかせば、私に、ひいては朱家全体に累が及ぶってこと、忘れないで」

翠花は正しい。あくまでも雪龍はこの国の皇帝陛下であり、美暁のことも朱家のこともどうとでもできてしまう立場なのだから。

「……ちゃんと、迷惑はかけないようにするよ。何かやってしまったら咎《とが》は私一人が背負えるようにしてもらうね」

「そういう問題じゃないのよ。本当にどうしてそこまでするのよ……？」

普段より硬い翠花の声に、美暁は顔を上げた。

確かに恋を理由にするには、あまりにも無理がある。

「あなたは阿呆だけど馬鹿ではないから。何かあるんでしょう？　あなたをそこまで駆り立てる理由が」

やはり褒められているのか貶されているのかわからない。

だが長い付き合いだからこそ、美暁の行動に違和感を持っているのだろう。

「ほら、もう話しちゃいなさいな。抱え込むのは苦しいでしょう？」

甘やかすような声で言われ、美暁は俯いた。

これまでも翠花に、何もかも話してしまいたい衝動に何度も駆られた。

だが信じてもらえる自信がない。なんせ翠花は徹底的な現実主義者だ。

さらによしんば信じてもらえたとしても、かつての自分の地位を知られることで、彼女との関係が変わってしまうことも怖い。

前世現世を合わせても初めてできた、対等でいられる親友なのだ。それを失う覚悟ができない。

「どうしても、言えないの？　私を信じられない？」

悲しげに言われて、美暁は俯く。翠花は小さくため息を吐いた。

「申し訳ございません。入ってもよろしいでしょうか」

その時、部屋の外から入室の許しを請う、聞き慣れた幼い声が聞こえた。

翠花が取り澄ました声で「お入り」と声をかける。

すると小蘭が、困ったような顔で入室してきた。

「あの、美暁様、翠花様。只今姜麗華様よりお茶のお誘いがございまして……」

小蘭が差し出してきた招待状と思われる書状を受け取った翠花の眉間に一瞬深い皺が寄る。

だがすぐに微笑みを浮かべると、翠花は小蘭に礼を言って書状を広げる。

戸部尚書の娘である姜麗華は、とにかく翠花を目の敵《かたき》にしている。

彼女と翠花が、現在この後宮における序列一位を争っている形だ。

家格と同調者の数ならば麗華、容姿と才覚ならば翠花といったところか。

実際には妃嬪の地位は未だ誰一人として与えられていない。本来なら皆同列のはずなのだが。

（……勝手に序列を作ってしまうあたり、恐ろしいなぁ）

ことあるごとに麗華は翠花を目の敵にして突っかかってくるが、翠花はあまり相手にしないようにしている。

それでもその存在が、目障りであることに変わりはないのだろう。

たとえ相手にならなくとも、虫がたかってきたら人は叩き潰したくなるものだから。

もちろん美暁は、その序列争いには参戦していない。なんせ、雪龍への粘着行為に忙しいので。

今日も小蘭はまるで神仏を拝むような目で、翠花を見つめている。

小蘭は本来美暁付きの宮女なのだが、美暁がほとんど部屋にいないので、今やほとんど翠花に仕えているような状態となっている。おかげですっかり翠花に心酔してしまっているのだ。

ちなみに宮女たちに人気があるのは、麗華よりも圧倒的に翠花である。

小蘭を始めとする宮女たちに、女神のように崇められているのだ。

なんせ麗華が下々の者たちに厳しく冷たいのに比べ、翠花は宮女にも優しく気配りを忘れない素晴らしい主人なので。

ちなみに翠花がその恐ろしい本性を見せるのは、美暁に対してだけである。

翠花はすぐに文机《ふづくえ》に紙を広げると、さらさらと招待への返事を書く。

規則正しく並ぶその字は、まるで書の手本のように美しい。

その隣で、美暁もとある人物に向けて手紙を書いた。文字の大きさにばらつきがある癖のある字はお世辞にも綺麗とは言えない。

だがこの手紙の宛先の人がかつて、その字を『勢いがあって良いな』と笑ってくれたことを思い出す。

面白いことが大好きな人だから、多分協力してくれるだろう。

前に美暁を試すような真似をした時も、今思えば面白がっていたに違いない。

「それじゃ、翠花。いつも通りに」

「もちろんよ。いつもありがとう。美暁」

呼ばれた刻限になり、二人は麗華の居室へと向かう。

その部屋は、実家より持ち込んだのであろう、西域で織られているという色彩豊かな敷物が敷かれ、瑠璃《るり》を連ねて作られた巨大な飾りが吊り下げられ、随分と派手な空間となっていた。

他の妃候補たちが麗華の元に集まっている。同じ妃候補であるはずなのに、完全に上下関係が出来上がっているようだ。

美暁と翠花が部屋の中に入れば、嘲《あざけ》るように笑い、遠巻きにヒソヒソと聞こえない声で何かを喋っている。

別に何を言われようが痛くも痒くもないのだが、それでもあまり良い気分はしない。

「このたびはお招きいただきありがとうございます」

だがそれを気にせず、翠花は堂々と挨拶し、にっこりと笑った。

その微笑みに、これまで彼女の悪口を言っていたであろう者たちも、呆気に取られる。

「ええ。いらっしゃい」

麗華はツンと顎を反らし、不愉快そうに眉を顰めて言う。全くもって歓迎している様子はない。

(招待したのは自分のくせに。露骨だなあ……)

まあ、もちろんこのお茶会自体、翠花への嫌がらせのために催されたものであることはわかっているので、気にもならない。

普段翠花が仲良くしている妃候補たちも、こちらに近づいてこないあたり懐柔されてしまったのかもしれない。

美暁は彼女たちを眺め、嘲笑し、翠花の耳元でヒソヒソと呟いた。

翠花の取り巻きとしてのお仕事である。やられたらやり返すのだ。

「麗華様の衣装、派手すぎて目がチカチカするね。誰も指摘しなかったのかなあ……」

それ一枚一枚は素晴らしい衣なのに、それぞれの柄や色が主張しすぎている。

さらに元々の目鼻立ちが派手なので、化粧は抑えめにしなければ品がなく映ってしまう。

目立ちすぎて、まるで舞台に上がった役者のようだ。

翠花はそれを聞いて愛らしく微笑む。そんな余裕が相手をさらに不快にさせるとわかっていて。

自分のことを言われていると察したのだろう。麗華の顔が、怒りで赤く染まる。

分厚く白粉を塗ってもなお赤く見えるのだから、相当に怒っているのだろう。

宮女たちに案内されて、美暁と翠花も席に着く。当たり前のように末席である。

そして二人の目の前に、茶と茶請けの甘味等が運ばれてくる。

明らかに他の面々とは違う、かなり質の下がるお茶や甘味である。

ここまであからさまにやってしまうあたり、痛々しいことだと美暁は嗤《わら》う。

たくさんの宮女や妃候補たちの前で、こんなにもわかりやすい嫌がらせをされたのだ。

以後、翠花が麗華の誘いに乗らなくて良い、十分な理由になるだろう。

美暁と翠花を綺麗に無視して、和気藹々《わきあいあい》と歓談が始まる。これまたわざとらしくて大変よろしい。

「やはり麗華様が、最も皇太子妃に相応しいと思いますわ」

「お美しくいらっしゃいますし、お血筋も素晴らしいでしょう？」

そして妃候補たちは、こちらまで聞こえるよう口々に麗華を褒め称《たた》えた。

もう自身が皇太子妃になることは諦め、彼女の傘下に入ることにしたというところだろう。

生存戦略としては間違っていない。

だが結論を急がずもう少し状況を見ればいいのに、とは思う。

「皇帝陛下も皇太子殿下も素晴らしい方ではありますが、ほら、お血筋がねえ……？」

皇帝は直系ではない。皇太子はそんな父と、先々帝と商家の娘であったという宮女との間に生まれた先帝との間の子だ。

よって確かに血筋という点においては弱く、未だにそれを理由に軽んじる者もいる。

(……血なんて体を流れる水に過ぎないのに)

――彼らがこの国にどれほど貢献したと思っているのか。

下らない理由でかつての夫と息子を蔑まれ、美暁は一瞬、全身の血が沸騰《ふっとう》するかのような怒りを感じた。

だがここで怒りを露わにしたところで、無作法を咎められて終《しま》いだ。

唇を噛みしめ、ぐっと堪える。やり返す時は、今ではない。

「それに引き換え、麗華様は先々帝陛下とその徳妃《とくひ》様のご皇孫でおられるのですもの」

つまり彼女は、皇太子の従姉妹でもあるのだろう。

「麗華様は、この国で最も高貴な血筋を引いておられる姫君であらせられます」

「麗華様が皇太子妃となることで、血の返還も成される、ということですわね」

「ええ、お父様はそのおつもりのようよ。私が皇太子妃になれば、我が姜家は皇太子殿下の頼れる後ろ盾となることでしょう」

おそらくこれは、朱家当主の養女という翠花の立場の弱さを当て擦《こす》っているのだろう。

皇太子に恩恵をもたらすことのできない、さしたる力もない妃候補であると。

「先日迷惑も弁えず長々と皇太子殿下にお時間を取らせたことを自慢していた者もいたようですけ

れど。その後召されたという話は聞きませんし。殿下も本当に必要な相手をおわかりなのでしょう」

これはもう完全に、翠花と美暁のことである。

そのことを周囲に自慢したつもりはないが、事実だけでも許せないのだろう。

すると横から凄《すさ》まじい圧を感じ、美暁は恐る恐る横を窺う。

そこには微笑みを保ちながらも、怒りを滲ませる翠花がいた。

確かに翠花を始めとして、妃候補たちは未だ一人も皇太子に召されていない。

美暁はそのことを、翠花が気にしていると知っている。

(間違いなく、風龍は翠花のことを気に入っていると思うんだけど……)

「……確か姜家って、新興の貴族ですわよねえ。家の興りから百年も経っておられなかったかと」

すると凜とした翠花の美しい声が、その場に響き渡った。

美暁に話しかけている体で言葉を紡ぎながらも、周囲に言い聞かせるように。

それを聞いた麗華の顔が、わずかに引き攣る。

この国では、貴族が力を持っていた頃ほどではないものの、未だに歴史の古さを誇りとする傾向がある。

麗華の生家である姜家は勢いこそあるが、名門というには歴史が浅い。

「大体血筋云々というのなら、この場に麗華様よりもよほど素晴らしい姫君がいらっしゃるのに」

何を偉そうになさっておられるのやら、と。

にっこりと笑って言う翠花に、何故か美暁の背筋がぞくりと凍った。

（こ、怖い……！）

おそらく周囲の妃候補たちの背筋も、凍ったことだろう。

そして翠花は手に持っていた扇をぱちりと閉じて、その先で美暁を指す。

「家の興りはこの国の建国まで遡る名門、朱家当主の娘であり、この国の先々帝とその淑妃《しゅくひ》の皇孫でもある、朱美暁。あなたがね」

（って私かー！　でも言われてみれば確かに……！）

美暁の父は名門朱家の当主であり、母は先々帝とその淑妃の間に生まれた公主である。

翠花に言われて初めて、美暁は己の血筋の尊さを思い出した。

つまりはそれくらいに、美暁にとって血筋など心底どうでも良いものであった。

今まで翠花の腰巾着程度にしか思われていなかった美暁が、一気に注目される。

そう、美暁は今回後宮に集められた妃候補の中で、最も尊き血筋の姫君であったのだ。

——本人にその自覚は全くなかったが。

麗華に恐ろしい目で睨みつけられる。圧倒的優位と思っていたものが、突き崩されたとでも思っているのかもしれない。

「血筋にこだわるなんて、実に愚かしいことです。全てはその人の為人《ひととなり》でしょう」

なんせその理論なら、皇太子に最も相応しいのは美暁ということになってしまうではないか。

それは大いに困るので、美暁はにっこりと笑って言ってやった。

最も高貴な者から発されるがゆえに、その言葉には圧力があった。

「ええと、皆様。せっかくのお茶が冷めてしまいますわ。飲みませんこと？」

麗華の取り巻きの一人が取り繕うようにそう言って、各々がお茶に口をつけて凍りついた場をなんとか溶かした。

もちろん美暁と翠花の二人は、お茶にも甘味にも手をつけない。

なんせここは、敵地である。何を入れられているか、わかったものではない。

後宮は、この国で最も多く毒による暗殺が行われた場所なのだ。前世でも、何度毒を盛られたことか。

「あら。翠花様ったら。せっかくの美味しいお茶とお菓子ですのよ？　どうして手をおつけになりませんの？　もしや麗華様に何か思うところでもおありなのかしら？」

すると妃候補の一人が、こちらに突然話しかけてきた。

もちろん思うところは大いにあるのだが、供された食事や飲み物に口をつけないのは、確かに失礼にあたる。

そもそもこちらが散々失礼をされているのに、とも思わなくもないが。

仕方なく美暁は、小さな練り菓子を箸で割って、そっと口に運ぶ。

「……美味しいです」

美暁がそう答えれば、翠花も全く同じ練り菓子に手を伸ばした。

次に美暁は小麦粉を蜂蜜で練って揚げた揚げ菓子を口にした。するとその味に違和感を感じる。

（……大黄《だいおう》の味がする）

大黄は強力な下剤として使用されるものだ。人を殺すことはできないが、嫌がらせにはなる。

美暁は少し口をつけただけで、その揚げ菓子を皿に戻した。

もちろんその様子を見た翠花も、揚げ菓子には手をつけない。

それから美暁は、そばに控えていた小蘭に片目をぱちりと瞑ってみせる。

それを受けた小蘭は一つ頭を下げて、誰にも気づかれぬよう、その場から静かに立ち去った。

美暁は後宮に来てからというもの、食事や茶は必ず翠花と一緒に取るようにしている。

前世とった杵柄《きねづか》で、毒や薬に精通していたからだ。

自慢ではないが、かつて前世で毒殺されそうになった回数は軽く二桁を超えている。

よって美暁は、翠花の毒味役を買って出たのである。

翠花の美しさを妬んだ者たちが、彼女に牙を向けるだろうことは、容易に想像がついた。

「このお茶は麗華様のお父君からの差し入れですのよ。ぜひお飲みになって」

混ぜ物がされていない甘味を翠花に教えつつ食べていると、今度は宮女の一人が茶を頻《しき》りに勧めてくる。怪しいことこの上ない。

もちろん美暁が、翠花よりも先に口に含む。

（うわぁ……これ苦参《くじん》だ）

常人であればその場で吹き出してしまうであろう、とんでもない苦さだ。

きっと彼女たちは、翠花がみっともなく嘔吐《おうと》する姿を見たかったのだろう。

だが残念ながら美暁は、その苦みに慣れていた。

かつての生で、この苦参や獐牙菜《しょうげさい》を使った死ぬほど苦い薬やお茶を、とある人物に日常的に飲まされていたので。

「翠花。飲まないで。これ普通のお茶じゃない」

美暁が小声で言った。その言葉に周囲に緊張が走り、彼女の元に視線が集まる。

「まあ！　麗華様が供されたお茶に対して、何か文句でもおありなのですか？」

お茶を淹れた宮女が、大袈裟に言って美暁を糾弾する。

すると他の妃候補たちも、次々に礼儀知らずだなんだと美暁を責めるようなことを口にし始めた。

翠花は微笑みを浮かべたままだが、その顳顬《こめかみ》には青筋が立っている。

彼女は美暁が自分以外に貶《おとし》められることを、極端に嫌うのだ。

このままではいよいよ翠花の堪忍袋の緒が切れてしまうと、美暁が慌てたところで。

「おやおや、お茶会ですかな？　楽しそうで何よりですなあ」

呑気な、けれども妙に響く声が聞こえ、その場にいた者たちの目が、一斉に部屋の出入り口へと集まった。

そこにいたのは、宦官であり侍医でもある景老師であった。

ちなみにかつて、凜風にやたらと苦いお茶や薬を飲ませた張本人である。

突然現れた高位の宦官に、その場がざわめいた。

「ま、まあ、景老師。こんなところへどのようなご用でしょう」

麗華が動揺しつつも取り繕うように笑って、彼に問いかける。

「いやいや、楽しそうな声が聞こえたのでね。一体何をしておられるのかと思いましてね」

好々爺《こうこうや》といった温厚な雰囲気で、だが図々しく彼は部屋の中に入り込んでくる。

それから、美暁に物言いたげな視線を向けた。

美暁はもちろん手に持っていた茶器を景老師に向けて掲げ、にっこりと笑った。

「こんにちは、景老師。良いところに来てくださいました！　申し訳ございませんが、こちらを確認してはいただけませんか？　どうも私の知るお茶とは味が違うのです」

景老師はその茶器を受け取ると、くるりとその水面を揺らした。

「だからそれは……！　お待ちください……！」

慌ててこちらへ走ってくる麗華。だが彼女の手が届く前に景老師はそのお茶を口に含んだ。

その瞬間、彼の眉が大きく顰められ、それを見た麗華の顔色が、やはり白粉の上からもわかるほどに色をなくす。

かつて散々『体にいいから』と言って同じものを凜風に飲ませていたくせに、自分だって眉を顰めるほど苦いと感じるんじゃないかと少々恨みに思ってしまうのは許してほしい。

「……これはお茶ではございませんね」

彼の言葉に、麗華とその取り巻きのご令嬢たちが、黙り込む。

すると幾人かの老いた宦官たちが次々に部屋に入ってきて、美暁や翠花の前にあったお茶や膳を回収していく。

彼らはこの後宮の秩序を正す、宮正の宦官たちだ。景老師が最初から連れてきていたのだろう。

そんな宦官たちの後ろに控えていた小蘭が、褒めてくれとばかりに美暁に向けてぐっと親指を上げてみせた。

元より美暁は、このお茶会で翠花と自分が毒を盛られる可能性を考えていた。

よって前もって景老師に手紙を出しておいたのだ。もし毒を盛られたら、助けてほしいと。

そして小蘭には美暁が合図したら、景老師を呼んできてほしいと指示していたのだ。

(景老師が協力してくれるかどうかは、正直五分五分だったけれど)

若き日の彼であれば、むしろ喜んで話に乗ってくれたであろうが、なんせ彼も老いた。

もしかしたら事勿《なか》れ主義になっているかもしれない、と心配していたのだが。

「姜麗華様。これよりあなたの周辺を調査させていただく。部屋での謹慎を命じます」

「そんな……！　私を誰だと思っているの⁉」

「後宮にいる以上、妃候補のお一人、としか」

(……なんかむしろ武闘派になってない……？)

相手は高位官吏である戸部尚書の娘であるというのに、全くもって容赦がない。

この世には、歳を取って落ち着く者もいれば、さらに苛烈《かれつ》になる者もいるのだろう。

隣で翠花が唖然《あぜん》としている。まさかこんなことになるとは思っていなかったようだ。

「翠花。景老師は信頼できる人だから。大丈夫だよ」

「そう……なの？」

そう呟いた彼女の目には一瞬、美暁への警戒の色が見えた。

どうしてそんなことがわかるのか、という疑問。そして不信。

だがそれをすぐに抑えて、いつも通り美暁に笑いかける。

「…………」

何かに刺されたように心が痛んだが、美暁も何もなかったかのように、翠花に微笑みかけた。

第五章　すれ違う二人

その後、死に至るような毒は見つからなかったものの、明らかに翠花を害するために混ぜられた薬がいくつか見つかったということで、姜麗華は一ヶ月の謹慎処分となった。

下剤や血の巡りを悪くし女性の機能を低下させるための薬、めまいがするほどに苦い薬など。

あの茶会の膳やお茶に混入されていたのは、嫌がらせのためとしか思えないものばかりだ。

（でもまあ、人殺しをするほどの根性もない、小物ってことか）

謹慎中の麗華には常に宮正がつきっきりとなっており、今は大人しくしているようだ。

父親の戸部尚書が後宮を管轄する内侍省に強く抗議をしたようだが、明らかな証拠があることなどから、皇帝の指示のもと、内侍省はその抗議を撥《は》ね除《の》けたらしい。

この件があってから、他の妃候補たちの翠花と美暁を見る目が明らかに変わった。

恐れられている、というのだろうか。嫌がらせの類も少なくなった。

やったら倍以上にやり返されると思っているのだろう。

傘下に入ろうとする者たちも増え、翠花は日々社交に忙しそうだ。

一方美暁は、その後も庭園の池の畔にある四阿に通い詰めている。

そして相変わらず公務の合間に休憩にやってくる雪龍を、見守る日々だ。

雪龍も最近ではとうとう諦めたらしく、美暁が潜む草むらに向けて、声をかけてくれるようになった。

『雨が降りそうだから今日は帰れ』とか『陽が落ちるのが早くなったから暗くなる前に帰れ』とか。

言っていることが、完全に面倒見の良い近所のお兄さんである。

美暁はそのたびに『やっぱり優しい！　好き……！』と再認識し、草むらから顔を出して『ありがとうございます！』とお礼をしている。

相変わらず冷たい目で見られているが、気にしてはいけない。

もちろん自分から声はかけない。身分の高い人に対して、低い方から声をかけるのは不敬なことだからだ。

こうして付き纏っている時点で相当に不敬な気がするが、これもまた気にしてはいけない。大義のためである。多分。

あの茶会のすぐ後など、美暁が戸部尚書の娘である麗華をやり込めたことを聞いたらしく、『よくやった』とお褒めの言葉をいただいた。

麗華が翠花と美暁に盛ろうとしていた薬が、父である戸部尚書から渡されたものという証言が取れ、それをきっかけに彼の周辺を洗うことになったらしい。

『とうとう尻尾を出したな』

などと言って、とても悪い人相で喜んでいたので、美暁も嬉しい。

さて今日も今日とて雪龍の尊顔を拝もうと、美暁は飛び跳ねながら四阿に赴く。

そして彼が来るまでの時間、硬い揚げ菓子を齧りながら書物を読む。

今日の書物は『あなたはこれでも読んでなさい』と上から目線で翠花が貸してくれた恋愛譚《たん》だ。

冒頭から、主人公二人の間で素直に話し合えばあっさりと片が付く、切ないすれ違いが続く。

（…………え？　もしやこれ当てつけ……？）

翠花から、相変わらず素直に秘密を話さない美暁に対する、無言の圧力を感じる。

互いに秘密などないと思っていた親友が何かを隠していたことが、それほどまでに寂しく悔しかったのかもしれない。

（ごめんね……翠花）

美暁とて翠花に秘密を抱えていることが、苦しいのだ。

読んでいてもちっとも面白くないが、これは翠花から与えられた罰であると思い、美暁はやたらと目が滑る眠くなりそうな文章を必死で追った。

しばらく読んでいると、美暁は不思議と女主人公《ヒロイン》に感情移入を始めてしまった。

そう、人間には言いたくとも言えないことがあるのだ。

たとえそのせいで、関係が拗《こじ》れてしまおうとも。

（でもやっぱりいらいらする……！）

特に人の話を聞かない男主人公が。――――いいから聞け、人の話を。

するとその時、ふと美暁の視界が陰った。

書物の紙面も暗くなり、いいところだったのにと苛立った美暁が顔を上げれば。

「……うわ、本当にいた」

「……ひえっ！？！？」

そこにいたのは前とは異なり簡素な袍を身に纏っている、まさかの皇太子殿下だった。

美暁は驚きで、限界まで目を見開く。

「陛下がお前に付き纏われていると仰っておられたが、本当だったんだな」

とんでもない根性《ガッツ》だと、そう言って風龍は腹を抱えて笑った。

それは前回のような陰は感じさせない年相応の笑顔で、美暁は内心安堵する。

彼と父との関係は、随分と改善したようだ。

（それにしても、本当に大きく育って……）

前回とは違い、距離が近すぎて泣きそうだ。右目の下にある小さな黒子までもが見える。

「陛下からの伝言だ。今日はここには来られないし、天気もあまり良くないから帰れ、だそうだ」

嗚呼、なんということだろう。今日も前世の夫が優しい。

だがそれは、果たして皇太子殿下を伝令に使うような内容だろうか。

「それをわざわざお伝えに来てくださったのですか？」

「ああ。まあ、それだけではないのだが」

それから少し照れたように、風龍は鼻の頭を掻いた。

「――この前はありがとう。お前の助言のおかげで、陛下と……父上と久しぶりに腹を割って話すことができた」

優しく礼を言われ、また美暁の目が潤んだ。

（嗚呼！　なんて良い子なの……！）

うちの息子が可愛すぎる。育ててくれた雪龍には感謝しかない。

「それはよろしゅうございました」

「ああ。お前の言う通り、父上はお言葉が足りないだけで、ちゃんと私のことを大切に思ってくださっていたようだ」

「それはそうですよ。たった一人の御子なのですから」

父親との関係を再構築できたことが、よほど嬉しかったのだろう。

少し恥ずかしそうに目元を赤くして笑う息子が、尊すぎて泣きそうだ。

「それにしても、何故息子である私よりも、お前の方が父上に対する理解が深いのかは少々疑問に思うが……」

「僭越《せんえつ》ながら愛の力です」

「そうか……」

そんな可哀想な子供を見るような目で見ないでほしい。美暁はいつだって本気である。

「それと、もう一つついでに教えてほしいんだが」

「はい、なんでしょう？」

「お前、西州の都督の娘なんだろう。だったら地方の税制について詳しいか？」

親子関係の相談か可愛らしい恋話か、と思いきや、思いの外真剣《ガチ》な相談が来てしまった。

「ええと、私にわかることであれば、お答えいたしますが……普通のご令嬢は知らないと思いますので、他のご令嬢に聞いて困らせてはいけませんよ」

この国では賢《さか》しい女は嫌われる。よって娘を政《まつりごと》の話から遠ざける傾向がある。

美暁も前回の雪龍との会話での反省を踏まえ、謙虚になってみたのだが。

「すまないな。父上がお前の意見は参考になると言うから」

「なんなりとご質問ください！　全てお答えしてみせましょう！」

その雪龍からの推薦とあれば、頑張るしかない。手のひらを返した美暁に、風龍がまた笑った。

元々この国の地方体制は、美暁の前世である凜風が作ったものだ。

よって大体のことならば、答えられるはずだ。

「……このところ明らかにいくつかの地方からの税収が落ちている。原因が何か思いつくか？」

「天候が原因では……」

「もちろん少なからず影響はあるだろうが、それにしても減収が大きすぎる」

「帳簿に不明なお金の流れは？」

「これがまた、特に見当たらないんだ。ただ不作だとしか報告がない」

「……ふむ。これは私見ですが、一度国全土で農耕地の計測をし直した方が良いかもしれませんね」

「何故？」

「おそらくここ数年で開墾が進んでいるのではないかと思います。けれども皆税金を払いたくないため、そこに課税対象である穀物類を育てるのではなく、綿花などの非課税の作物を育てているのではないかと思いまして。けれども農耕のための労働力自体は増えているわけではないので、他の作物を育てる分、穀物の生産量が落ちているということではないでしょうか」

なんせ非課税の作物によって得られた収入は、国に取り上げられずに済むのだから。

「……なるほど。確かに課税される穀物より、非課税の作物を育てた方が収入が良いだろうな」

「時代に合わせて税制を変えるべきかと思います。少なくとも、課税する作物の範囲は広げなければなりません」

「……民の反発が大きそうだが」

「案外そうでもないかと。おそらくですが、地方官吏たちはすでに非課税の作物に対して、州独自の税を制定し、国には納めず自分たちの懐《ふところ》に仕舞い込んでいると思います」

前に街に降りている時に、綿花を売りに来た行商人が、綿花の税率が上がったと愚痴《ぐち》っている姿を見かけた。

綿花は非課税なのに何故だろうと、美暁は首を傾げていたのだが。

どうやら行商人に聞くに、地方官吏が好き勝手にやっているらしい。

中央政府は何故取り締まってくれないのだと、愚痴を言っていた。

それでも国に吸い上げられない分、穀物に対するよりは遥かに税率が低いため、皆穀物を育てるのをやめ、非課税の作物を育てているのだという。

だがそうして節税と称し皆が穀物を作らなくなれば、この国は大変なことになる。

「目先の金に踊らされ、このまま穀物の生産量が減るのは由々しき事態です。蝗害《こうがい》などで飢饉《ききん》が起きた時、備蓄が足りずに大変なことになります」

国民の主食たる穀物に関しては、国が介入すべきものだ。

農民たちが生産量を勝手に減らすことを、認めてはならない。

「……お前の実家である朱家も、似たようなことをしているのか？」

冷たい声で問いただすように言われ、美暁は小さく飛び上がる。

とんでもない誤解だ。自慢ではないが美暁の父は、気こそ弱いが融通の利かない堅物だ。

「いえ、うちは商業を主にやっておりまして。そもそも適用される税制や法自体が違うんです。ただ非課税作物である綿花やお茶の流通量が明らかに増えていて、徐々に価格が下がっていますね」

「――なるほど」

「さて、そうして作られた資金は、一体どこへ行っているのでしょうね」

「…………」

美暁が考え込むような仕草をすれば、その答えを求めるように、風龍が彼女の琥珀色の目を覗き込んだ。

「……美暁？　……皇太子殿下？」

その時、震える鈴の音のような声が聞こえ、二人は慌ててその方向へ顔を向けた。

するとそこには真っ青な顔をした翠花が、傘を手に呆然と立っていた。

話に夢中になっていて気がつかなかったが、確かに今にも雨が降り出しそうな空模様だ。

おそらく外で粘着行為をしている美暁が濡れてしまわないかと心配して、わざわざ傘を持って迎えに来てくれたのだろう。

「どうして……」

翠花が今にも泣きそうな顔をしている。

確かに未婚の若き男女が二人きりで顔を寄せ合っているという、この状況。

しかもそれが好きな男と親友という、最悪の組み合わせである。

（これは恋愛譚によくある、好きな男に対し興味がないふりをしていた親友に、突然抜け駆けされて奪われる場面……！）

なんたる間の悪さか。いきなり始まった、手にある恋愛譚も驚きのドロドロの展開に、美暁は震え上がった。

なんせ徹頭徹尾、全てが誤解である。

「翠花姫……」

隣で風龍が陶然とした目で翠花を見ている。

いや、そこ。翠花に見惚れてないで、どうかとっとと誤解を解いてほしい。

だが翠花は一つ深く頭を下げると、その場に傘を置いて踵《きびす》を返し、走って逃げてしまった。

傘をちゃんと置いていってくれるあたり、とても優しいのだが、それはともかく。

「翠花……！　すみません！　殿下！　御前を失礼いたします！」

「あ、ああ……」

美暁は翠花を追いかけて走り出した。

すると追いつく寸前になって走ることに慣れていない翠花が、石に足を取られ転びそうになった。

大急ぎで彼女の腰を抱き、倒れ込まないようその細い腕を握りしめると、ぺしりと頬を叩かれた。

大した力も入っておらず、ちっとも痛くないのに。翠花は罪悪感に満ちた顔をする。

彼女は自らの手で人を傷つけたことなどない、大切に育てられたお姫様なのだ。

「どうして私ではなく、あなたが選ばれるの……！」

そしてぽろぽろと涙を流しながら、そう叫んだ。

皇太子殿下との面会の際、確かな手応えを感じたはずなのに、その後皇太子とはなんの進展もなく、当てが外れた翠花は随分と自信をなくして落ち込んでいた。

『すぐお召しがあると思ったのに……』

そう思えてしまう自信自体がすごいのだが、絶世の美女の翠花が言うと納得してしまう。

後宮に入った以上、皇帝の寵愛を得られなければ、何も生み出せない、ただ老いていくだけの人生が待っている。

それは自尊心の高い翠花にとって、耐え難いことだろう。

そして徐々に焦りが募っていく中で、恋する皇太子と親友である美暁の密会を見てしまったのだ。

いや、正しくは全くもって密会ではないのだが。

(そりゃ怒るわ……!)

「あなたみたいな子猿に負けるなんて……!」

蔑まれているはずなのだがこれまた全然傷つかない上に、確かに自分は子猿っぽいな、などと美暁は納得してしまった。

そんな風に淡々としているところが、余計に翠花の怒りを煽《あお》ってしまうわけだが。

「落ち着いて、翠花。私と皇太子殿下はたまたま遭遇しただけで、全くもってそんな関係じゃないから。そもそも皇太子殿下は私のことなんてなんとも思ってないし、何度も言っているけれど、私がお近づきになりたいのは皇帝陛下だから」

そう、美暁がなりたいのは、目指しているのは、皇太子妃ではなく皇太子の義母である。

「……だとしても、皇太子殿下がお召しになれば、あなたは断れないのよ」

翠花の目からまた涙がこぼれ落ちた。しっかり者の彼女が涙を見せるなんて、非常に珍しい。

それだけ、衝撃的なことだったのだろう。

「だって皇太子殿下が美暁のことをお気に召す、その気持ちがわかるもの……」

それはつまり、遠回しに自分も美暁のことが好き、と言っているようなもので。

美暁はぐっときてしまった。なんだろうこの可愛い子は。ぜひ嫁に欲しい。

(それにしても翠花の涙なんて、あの時以来かも……)

最後に翠花の涙を見たのは、五年ほど前に美暁が彼女を連れて街に遊びに行き、迷子になった時だ。

前世のほとんどを皇宮と戦場で過ごしたからか、美暁は色々な場所を見て回ることが好きだった。

本来なら貴族のご令嬢が気安く外出することなどあり得ないのだが、美暁は前世で培った交渉術で両親を丸め込み、護衛を連れて屋敷の外へよく遊びに行っていた。

一方、今では到底信じられないが、当時の翠花は引っ込み思案で人見知りの箱入り娘であった。

もちろんその時から、ずば抜けた美幼女であったのだが。

また生まれてすぐに母を亡くしてしまった翠花は、従姉妹で年も近いことから、周囲の大人たちによって、遊び相手として美暁のそばに置かれることになった。

美暁が外での冒険譚を身振り手振り付きで話すたびに、翠花は喜んでくれた。

そしてある日、『私も街を見てみたい』と言い出したのだ。

危険だと渋る叔父を、これまた美暁は丸め込み、翠花を連れて意気揚々と家に程近い街に出かけた。

最初は怯えていた翠花だが、美暁に手を引かれて市場を覗いたり、大道芸を見たり、買い食いしたりしているうちに夢中になり、うっかり護衛を見失ってしまった。

もう家に帰れないかもしれないと泣く翠花を『なんとかなるよ。大丈夫』と元気づけ、美暁は人の往来の多い表通りに出ると、声を張り上げたのだ。

『私たちは朱家の娘です！　迷子になってしまいました！　朱家に連れていってくださったら、お礼をいたします！』と。

そして声をかけてきてくれた人たちのうち、優しげなご婦人を選び、家まで送ってもらったのだった。

その一幕のおかげで朱家の二人の姫、美暁と翠花の顔は街の人たちの知るものとなり、それ以後街に行くたびに「姫様」と気軽に声をかけてもらえるようになったのだ。

家への帰り道、『ほら、大丈夫だったでしょう?』と翠花に声をかけたところ、彼女はまた泣いた。

『大通りに出れば、白昼堂々誘拐する人間なんてそういないからね。この辺は治安が良いし、そもそも平民が貴族に手を出したら処刑されるから。だったら貴族家の迷子を助けて家まで届けて、謝礼をもらった方がずっといいって人は考えるものだよ』

美暁がただの子供だったなら、もっと危険なことになっていただろう。

だが美暁には生まれた時から前世の記憶があり、小さな子供の体でも、大抵のことはなんとかできる自信があった。

もちろん帰ったら父には怒られ、母には泣かれ、叔父に抗議されたが。

翠花が『自分が望んだことである』と言って、美暁は悪くないと必死に庇《かば》ってくれた。

美暁がいなかったら、生きて帰ってこられなかったと。

『だってせっかく子供なんだから、翠花も困ったら大人に助けてって言えばいいんだよ。可愛い翠花にお願いされて、嫌がる人はほとんどいないからね。持って生まれたものをうまく使って、強《したた》かに生きよう』

そんな子供の生きる術を語る美暁を、翠花は憧憬の目で見ていた。

『あの時の美暁を見て、行動することで、大抵のことはなんとかなるって思ったのよね』

当時はよほど衝撃だったのだろう。箱入りで引っ込み思案で人見知りだったはずの翠花は、生まれ変わって今や計算高く、行動力のある最強の女の子となってしまった。

(……よく考えれば翠花がこんな性格になってしまったのって、私のせいか……)

取り返しのつかないことをしてしまった気がしないでもないが、むしろ翠花は生き生きしているので、良しとする。

「私みたいに、どんなに美しくとも中身は普通の女なんて、きっと選んでもらえないのよ」

「翠花の中身のどこら辺が普通なのか教えてほしいけれど、本当に皇太子殿下とはなんともないからね」

「それもわからないわ。あんな素敵な人に、どうして恋をせずにいられるの……？」

それは美暁が雪龍に恋をしているからであり、風龍が前世の息子だからである。

「美暁だって、あの方のそばにいたら絶対に恋をしてしまうわ……」

「それは絶対にないから安心して。さっきなんて皇太子殿下、翠花に見惚れてたよ」

すると少しだけ、翠花は頬を赤らめた。

「……だとしてもよ。皇太子妃候補として後宮に入ったあなたが、そんな風に言い切れる理由は何？」

知らぬ間に泣き止んでいた翠花が、まっすぐに美暁を見ていた。

「私が後宮に入ると言ってから、あなた、ずっと変だわ」

「………………」

ついこの間、待ってくれと言ったばかりなのに、美暁の心は揺れていた。

もうこれほどまでに疑われているのだから、真実を言ってしまっても良いのではないだろうか。

――――自分が、ここにいる理由を。

「本当のことを言ってちょうだい。私はあなたの言うことならなんだって聞いてあげるし、なんだって信じてあげるから」

実際に信じてもらえるとは思えないが、そこまで言ってくれる翠花に、秘密を作りたくないと思ってしまった。

(もう、いいや)

こんな風に彼女を泣かせてまで、誤解をされてまで、隠す秘密でもないだろう。

先ほどまで読んでいた恋愛譚と同じことだ。話さないことですれ違う。

(翠花とは、ずっと対等な立場でいたかったけれど)

これまでの関係が崩れてしまったとしても。このまま誤解されるよりはいいだろう。

翠花の美しい緑柱石のような目をまっすぐに見つめ、美暁は口を開いた。

「翠花。……実は私ね、この世に生まれる前の記憶があるんだ」

「……は？」

突然何を言い出すのかと、翠花は呆れた顔をした。その気持ちはよくわかる。

そう、冗談であったのなら、どれほどよかっただろう。

「実は私、生まれる前に、この国で皇帝をしてたんだ」

「…………は？」

「だから私はここに、前世の夫と息子に会いに来たの」

「………………」

とうとう翠花は頭を抱えて黙りこくってしまった。

信じてもらえるとは思わない。けれどどうしても吐き出してしまいたかった。

「そんなわけで皇太子殿下は絶対に恋愛対象外。なんせ前世における実の息子なんだもん」

皇太子殿下だけは絶対にないと言い切れる、その理由。

「ここに来たのはね、遠くからでもいい。彼らが生きている姿をこの目で見たかっただけなんだ」

幸せでいてくれたら、それでよかった。けれど、そうではなかった。

人は強欲な生き物だ。届きそうになったら、手を伸ばしてしまう。

「つまりもし翠花が皇太子妃になったら、私、姑になっちゃうね！」

あはは、と笑って冗談っぽく言ったが、冷ややかな目で睨まれて終わった。

やはり信じてもらえないのだろうか。まあ、信じられるわけがないだろう。

自分自身、未だに自らの身に起こったことを、理解できていないのだから。

重い沈黙が続く。まるで永遠のような、長い時間。

「あー……。ようやく頭の中が整理できたわ。あなたが無理をしてまでここに来た理由もわかった」

しばらくして、翠花が頭を上げた。何を言われるのだろうと、美暁の手がわずかに震える。

どれほど長い年月を生きていようと、好きな人に否定されることは寂しくて悲しいものだ。

「なるほどね。そういうことだったの。全部辻褄《つじつま》が合ったわ」

だがその言葉は、本当にただ納得したという安堵の言葉だった。

どうやら完全に信じてくれたらしい。

美暁の足から力が抜ける。そしてそのままその場にうずくまってしまった。

「話してくれてありがとう。辛かったわね」

翠花もしゃがみ込み、美暁の頭を撫でてくれる。その力が案外強くて頭が前後に揺れる。

視界が歪み、翠花の美しい顔が滲んだ。ぽたぽたと涙が溢れる。

「あ、これからは敬語を使った方がいいのかしら？　あなた元皇帝陛下なのよね」

「本当に勘弁してください……記憶があるだけで、もう違う人間だから」

「そう。ならよかったわ。私もあなたに敬語なんて使いたくないもの」

お互いに涙をこぼしながら笑い合う。互いを失わずに済んだ安堵で。

「それで、このことは皇帝陛下と、皇太子殿下には伝えないの……？」

翠花に問われて頷く。今のところ、伝えるつもりはなかった。

「翠花だから信じてくれたんだよ。普通ならとても信じられるものではないよ」

雪龍の執着ぶりからすれば、先帝陛下の生まれ変わりを名乗るなど、不敬罪に問われて処刑されてもおかしくない。

かろうじて信じてもらえたとしても、死に戻るなんて気味の悪さは拭えないだろう。

自分一人であったら一か八かにかけて暴露してみてもいいが、今、美暁は朱家を代表してここにいる。

そして家族を巻き込まないと、迷惑はかけないと、父に約束したのだ。――それに。

「私は凜風になりたいわけじゃない。だってこの十五年、美暁として生きてきたんだから」

美暁は彼らのことを深く愛しているが、それでも凜風そのものになりたいわけではないのだ。ちゃんと朱美暁として、家族に愛されながらこの十五年を生きてきたのだから。

自分を通して他人を想われるのは、ごめん被《こうむ》りたい。

「なるほどね……。それはそうかもしれないわ」

そのまま二人手を繋いで、ぽつりぽつりとこれまでのことを美暁は話した。

前世での雪龍との出会いや、皇帝になった経緯。風龍を身籠った時の幸せ。

そして、志半ばで命を落とすことになった話を。

話を聞く翠花の目から、先ほどとは違った意味の涙が溢れた。凜風を憐れんでくれているのだろう。

「少しでも遠くから見守れたらいいな、できればお近づきになりたいなってくらいの気持ちでここに来たのに……」

「そうね。あなた、ずっと女官でいたいって言っていたものね……」

それなのにその姿をこの目で見てしまったら、その声をこの耳で聞いてしまったら、もうだめだった。

「また愛されたいと、思ってしまった」

あの寂しそうな目に、またあっさりと恋に落ちてしまった。本当に無様なことに。

「……つらい」

生まれ変わってから初めて、美暁はその言葉を口に出してしまった。

すると翠花がぎゅっと強く手のひらを握ってくれる。その優しさに、また涙が溢れた。

「あ、雨だわ……」

やがて雨が降り出した。このままでは濡れてしまうと、慌てて傘を取りに四阿に戻れば。

「え……」

何故か皇太子殿下がまだそこにいた。繋いだ翠花の手が、緊張して固まる。

きっと彼女の頭の中は、雨のせいで落ちたであろう化粧のことでいっぱいだろう。

すっぴんであっても十分に美しいため、気にする必要はないと思うのだが、一応は美暁も恋する乙女なので、恋しい男性の前では綺麗でありたいという気持ちもわかる。

「あー、その、今日は陛下もいらっしゃらないようだから、ここで雨宿りをしていかぬか」

そして風龍は二人に傘を差し出し、四阿の中へと誘った。

翠花の前だからか、彼の口調も若干硬くなっていて、なんとも微笑ましい。

四阿の中に入ると、翠花の目が先帝陛下、つまりは美暁の前世の姿絵と向けられた。

「先帝陛下の姿絵だ。私が生まれた際に儚くなられたから、私はこの絵でしか母上の姿を知らぬ」

「……お美しい方でいらっしゃいますね。殿下によく似ておられる」

美暁のしょっぱい顔を横目で見ながら、翠花は吹き出しそうになるのを必死に堪えつつ、痛ましげな表情を作る。流石鉄壁の猫被りである。

「先帝陛下を思い出すことが辛いのか、自分の中だけに留めておきたいのか……陛下は私に母上の話をほとんどしてくださらぬので、どんな方だったのかは知らぬが」

風龍が寂しそうな目をして、絵を眺める。

「素晴らしい方だったと伝え聞いておりますわ。七星龍剣に選ばれし皇帝陛下なんですもの」

そして翠花が悲しげに見えて実は笑いを堪えている顔で、美暁に追撃をかましてくる。

いよいよ美暁は居た堪《たま》れなくなった。勘弁してほしい。

全然素晴らしくないし、その七星龍剣の中身はただの軽薄男《チャラ》である。

これはもしや、ずっと前世の記憶について黙っていたことに対する嫌がらせであろうか。

「母が生きていたら、どうなっていただろうと、どれほどよかっただろうと思うことがある」

「……私も母を早くに亡くしましたの。ですから殿下のお気持ちが少しわかりますわ」

「そうか。翠花姫は優しいな」

（あっさりと落とされてるし……！）

父と同じく照れると真っ赤になるらしい息子の耳を見て、美暁はその容易さを憂いた。

だがその気持ちはわかる。確かに翠花は美しい上に優しい。ちょっと計算高いだけで。

「母上と話をしてみたかったと、よく思う」

「そうですわね。きっと先帝陛下もそう思っていらっしゃいますわ」

切なげな顔をしつつ、若干翠花の手がぷるぷると震えている。

やはり笑いを堪えているのだろう。なんせ現在進行形で話をしているのだから。

とりあえず二人が仲良く談笑しているので、美暁は黙って風景の一部になることにした。

大好きな二人が仲良くしている姿を見るのは、とても嬉しい。

やがて雨が小降りになったところで、四阿を出て解散した。

夕餉《ゆうげ》に間に合うよう、部屋に向かって早足で歩く。

「えー……ちなみにあの姿絵は、かなり美化してあります」

「……でしょうね。あなた、相当居心地悪そうだったもの。もちろん皇太子殿下の夢を壊したくないから、黙っているけれど」

「よろしくお願いします」

それから二人顔を見合わせて、声を上げて笑った。

その後も美暁と翠花は前と変わらぬ関係で、日々過ごしている。

そして時折風龍が、密かに後宮に顔を出すようになった。もちろん翠花に会いにである。

二人の間には、着々と恋心が育っているようだ。

美暁は微笑ましく初々しい二人を見守っている。

「……お前はまだ飽きずにやっているのか」

そしてもちろん雪龍への付き纏い行為にも、相変わらず勤しんでいる。

今日も今日とて草むらに潜んでいる美暁に向かって、雪龍が話しかけてきた。

「だって陛下のご尊顔にはその価値がありますから！」

美暁がぴょこんと顔を出し雪龍の顔をうっとりと見つめれば、彼は不快げに片眉を上げた。

「……この色の抜けた髪と、血のような目がか」

まるで汚いもののように、雪龍が己の髪の毛先を指先で摘まみ上げる。

「そうです。その銀をそのまま糸にしたように美しい髪と、紅玉をそのままはめ込んだように美しい目ですね。全てがこの世の奇跡です！」

美暁が胸を張って言えば、雪龍は怒ったような困ったような、なんとも言えない表情を浮かべた。

「絶対百人に聞けば、百人とも陛下を美しいと言うでしょう」

「そんなことしかないですね。私、これでも審美眼には自信があります」

「……そんなことはないと思うが」

「そうか……？」

言い切られると、何も言い返せなくなるらしい。美暁はにんまりと笑った。

こうして彼の全てを絶対的に肯定することは、美暁の前世からの役目なのだ。

「……前にそなたが言っていた、騎馬民族との交易についてだが」

「ええ⁉　本当に検討していただいたんですか？」

「ああ、どうやら奴らもこちらに攻め込む体力が心許《こころもと》ないようだ。いくつかの民族と無事話がついたと、北域の都護府《とごふ》から報告があった」

食糧と絹と引き換えに、馬や貴金属を得る。

互いに必要なものを交換することで、戦争にならずに済むのなら、それに越したことはない。

「流石です！　うまくいけば、今年は北部に遠征せずに済みそうですね」

小さく飛び跳ねて喜ぶ美暁に、雪龍はほんの少しだけ口角を上げた。

そんなものを見てしまったら、美暁の心臓が跳ね上がるのは当然で。

その眩《まばゆ》さに、美暁は思わずこの世のありとあらゆるものに感謝したくなった。

「――で？　何故私を拝んでいるのだ」

「すみません。あまりにも尊くて」

うっかり雪龍の珍しい笑顔に向かって、手を合わせてしまっていた。

最近変質者としての格が上がってしまった気がする。

「……そなたの立案だ。何か褒美でもやらねばならぬな」

「え？　何もいりませんよ。私はただ無責任に口に出しただけですから」

ただ口にすることと、それを実際に行動に移すことは、天と地ほどに違う。

美暁の適当な夢物語を、実現可能な段階にまで育て上げたのは、雪龍である。

「それとそなたが皇太子に話した、地方税制の話だが。調べてみたところ、確かに怪しい州がいくつかあった。来年早々に国内の農耕地の計測をし直す予定だ」

「そうですか。それはよかったです」

「皇帝となると、なかなか身動きが取れず皇宮の外のことが知れぬ。やはり御史台《ぎょしだい》の権限を強化し、地方の監察も行えるようにするべきか」

「良い考えだと思います。ただ地方で監察を行う御史が現地の有力者と癒着しないよう、なんらかの仕組みは作らねばならないでしょうが……」

「……やはり、そなたに褒美をやらねばならぬな」

「いえ、私は本当に口だけで、実際に動いているわけではないので」

美暁の謙遜《けんそん》に、雪龍は眉を顰め不快そうな顔をした。

「……意見を言う、相談を受ける、それだけで十分な働きだと思うが」

美暁のことが気に食わないだろうに、評価は正しくしようとする。その清廉な精神に感服する。

——とどのつまりは。

(好き……!)

美暁は毎日思うことを、やはり今日も思った。雪龍の何もかもが好ましい。

「あの、ではまたこうして言葉を交わすご機会をいただけますと幸いです……!」

嫌な顔をされたらどうしようと思いつつ、勇気を出して言う。

かつて皇帝として生きた知識と、民草に交じり得た知識を、利用してもらえるだけでもいい。

「それだけでいいのか?」

すると雪龍は少し拍子抜けしたように言った。もっととんでもない褒美を要求されると思っていたらしい。

それならば、と美暁は調子に乗ることにした。好機は逃さない主義である。

「え？　もしや陛下の妃にしてくださいという希望も叶ったりしますか？」

「いや、それはないが」

あっさりと否定されて、美暁はしょんぼりする。

万が一の可能性に賭けてみたが、やはり駄目だったようだ。当たり前である。

「不可解だな。何故そこまでして、そなたは私の妃になりたいのか」

すると突然率直に聞かれ、美暁の顔が真っ赤に染め上がった。何故って、その理由は一つである。

美暁の茹《ゆ》で上がった蛸《たこ》のような顔に、雪龍も若干動揺したらしく、わずかに目を見開いている。

「え、ええと、私は陛下の妃になりたいなどという烏滸がましいことを、本気で考えているわけではございませ……いや、本当は大いになりたいと思っておりますが、そこら辺はちゃんと弁えておりますので！　ご安心ください！　私はただ陛下がご健勝であられる姿を遠くから拝見できるだけで、たまにこうして会話をしてくださるだけで、十分幸せです！」

うっかり欲望がだだ漏れそうになったがなんとか抑え、一気に捲し立てれば、雪龍は眉間に深い皺を刻んだ。

美暁なりに気を遣ったつもりなのだが、やはり彼を不快にしてしまったようだ。

「……知っているとは思うが、私は近く皇太子への譲位を考えている。譲位すればこの皇宮からも出ていくつもりだ。よって私の妃になったところで、そなたにはなんの旨味もない」

雪龍が皇帝でなくなり、この皇宮から出ていけば、その妃もまた後宮での地位を失うことになる。女性としての栄華を望むのであれば、雪龍を選ぶべきではないと。彼はそう言いたいのだろう。

「え？　恋が叶うんですよ？　むしろ旨味しかありませんが」

だが美暁にとってそんなことは、どうでも良いことだった。

この美しい顔がそばにあり、この高潔な魂がそばにある。それだけでいい。

前回皇帝なんてものをやったので、権力なんてものは、もうお腹いっぱいなのである。

「私は別に『妃』という『地位』が欲しいわけではありません」

妃など、所詮肩書きに過ぎない。煩わしいことも多いしなりたくもない。

そしてなったところで、雪龍に愛されなければなんの意味もない。

美暁が欲しいものは、ただ雪龍の心だけだ。妃の地位など、そのおまけに過ぎない。

「……訳がわからぬな」

権力狙いでも密偵でも刺客でもないのなら、何故こんなにも自分に固執し、粘着するのかがわからない。

そう言って雪龍は、いらいらと頭の銀糸を掻きむしった。

「お前と話していると、やたらと妙な焦燥感に苛《さいな》まれる。一体なんだというのだ」

もしかしたら雪龍の中の何かが、美暁が凛風の成れの果てであることにうっすらと気づいているのかもしれない。

美暁と凜風は顔も性格も違う。それでも何か彼の心の琴線に触れるものがあるのだろうか。

だとしたら、少しだけ嬉しくて、少しだけ寂しい。

彼の中の原因不明の焦燥感に対し、美暁はふとそんなことを思った。

「それで結局のところ、お前の目的はなんだ」

目的は、前世の夫と息子のそばにいることだ。望むことは、雪龍の心だ。

――だがそれが酷く難しいことだということも、わかっている。だからせめて。

「私、できるなら陛下の老後のお世話がしたいんです……」

「……は？」

雪龍の口から、渾身《こんしん》の疑問符が出た。全身全霊で「意味がわからない」と言っている。

前世を含めても、彼のこんな困惑した顔を見るのは初めてだ。

まさか三十代半ばで、老後における介護の話を持ち出されるとは思わなかったのだろう。

確かに我ながら、流石に最高に気持ちが悪いな、と美暁は思った。

だがこれから先の人生は、全て雪龍のために使うと決めていたのだ。

（そばで、老いていく雪龍を見ていたい。彼の人生を最期まで見届けたい）

それは年上で、しかも先にとっとと死んでしまった前世では、とても望めなかった贅沢なことだ。

けれど今の美暁と雪龍の歳の差は、親子ほどに離れている。

つまり美暁が突然なんらかの理由で早死にしない限りは、徐々に年老いていく雪龍を眺めつつその世話をし、さらには最終的に彼を看取《みと》ることだってできるということだ。

――端的に言って、最高である。

「ああ、お年を召された陛下も、それはそれは格好良いのでしょうね……」

枯れていく雪龍を、ずっとそばで見つめていられる。

顔の前で両手を組んで、うっとりとそう言えば、雪龍の顔がこれ以上ないくらいに引き攣った。

いや、そんな化け物を見るような目で見ないでほしい。

美暁とて傷つく心が、一応若干ながらあるのである。

「というわけで、ぜひご隠居なさる際は、私も侍女としてお連れいただけますと……」

「断る」

またしても反射的に速攻で断られてしまった。もう少し考える余地を見せてくれても良いと思うのだが。

美暁はまたしても必死になって雪龍を拝んだ。まるで神仏に祈るように。

「そ、そこをなんとか……！　生涯に亘《わた》り、誠心誠意、陛下の頭の天辺から爪先まで、余すところなくお世話いたしますので……！」

「断固として断る」

物凄く嫌そうな顔で、一顧だにせずに断られてしまった。悲しい。

泣き出しそうな顔の美暁を見て、雪龍は困ったように深いため息を吐いた。

「大体名門朱家の姫に、そんな下女のような真似をさせられるわけがなかろう……」

「父は私が説得します！　娘の幸せのためならきっとわかってくれます！」

「この前そなたの父に会ったが、気は弱いが愛情深く善良な男だ。そう困らせるのではない」

雪龍が憐れむような目をした。おそらくは、父の浩然に対して。

確かに心配させていることは事実であるし、父の髪の毛根は心配であるが。

「それでも私は陛下にお仕えしたいんです……」

美暁はしょんぼりと肩を落とした。

たとえ女として愛してもらえなくてもいい。ただそばに置いてほしかった。

「お前にそこまでされる理由がわからない。何故そこまで……」

「愛ゆえです」

今日も迷いなく言い切れば、雪龍の顔がこれまた盛大に引き攣った。

それでもその顔は美しい。だがそんな嫌そうな顔をしないでほしい。

これは純粋な想いなのである。多分。

「悪いが、私の好みは年上の女だ。お前のような小娘に興味はない。他をあたれ」

「………………」

それが誰のことを言っているのかわかってしまって。

美暁は一瞬泣きそうになり、奥歯を噛みしめて堪える。

「そ、そこをなんとか！　案外良いですよ年下！　お薦めです年下！　なんてったって幼妻！」

「息子より年下の娘など、元より対象外だ。自身に釣り合った男を探せ」

女など若ければ若いほどいいという屑《くず》な男も多い中、なんという真っ当な思考か。

美暁は感動した。そんなところも大好きである。だが自分までもが対象外という二律背反。

「だったらせめて、専属の侍女にしてください……！」

「お前のような下心のある侍女など、そばに置けるわけがなかろう」

「絶対に寝込みを襲ったりしませんから……！」

「当たり前だ。殺されたいのか」

夜這いも若干考えなくもなかったが、雪龍は凄腕の剣士でもある。

寝ている間すら誰かが近づくと確実に目を覚ますだろう。返り討ちにされる未来しか見えない。

こうなれば薬を盛るしかないが、なんとこの男、ほとんどの毒に耐性をつけている。

――それは皇帝として、そうしなければ生きていけなかったから。

「今一瞬、色々と方法を考えてみましたが、確かに難しそうですね……」

「……考える必要があったか？」

またしても呆れ返ったような顔をする。だが美暁といる時の彼は、普段より若干表情が多い。

そのことが、どれほど嬉しいか。雪龍に言えばまた無表情に戻されそうなので言わないが。

「ただ私は陛下の隠居生活をお支えしたいのです。残りの人生の彩りに、若く可愛い娘をそばに置くの、良いと思うんです。きっと気持ちも若くいられますよ」

「どこも良くないな。私は年上が好みだと言っているだろう」

「二十年も経てば、ほんの誤差です」

「そんなわけがなかろう。年齢差は縮まらん。都合の良い解釈をするな」

それはかつての雪龍が、身をもって思い知っていたことなのだろう。

散々彼を子供扱いしていた前世における所業を、美暁は猛省する。

美暁は悲しげにため息を吐いた。するとぎろりと睨まれた。

「お前のせいで、無駄に喋ってしまったではないか。こんなに喋ったのは久しぶりだ」

「わあ！　楽しんでいただけたようで、嬉しいです」

「嫌味だ。いい加減に気づけ」

本来あまり口数が多くない性質なのに、美暁に突っ込みどころが多すぎて、突っ込まざるを得ないのだろう。

申し訳ないと思いつつ、楽しくなってしまって美暁は笑う。

かつてもこうして雪龍を揶揄っては、彼を無理やり喋らせていたことを思い出す。

あの時の彼は、普段真っ白な顔を耳まで真っ赤にしていて、とても可愛かった。

また家族になりたいなどと、言うつもりはない。ただそばにいたいのだ。――そのためなら。

「なんでもしますから、おそばに置いてください。私はあなたのおそばにいられるだけで幸せなんです」

美暁がそう言えば、呆れたようにまたため息を吐いて、それ以上は何も言わず雪龍は去っていった。

(流石にちょっと図々しかったかな……)

相手にしてくれるから、つい調子に乗って果敢に攻め込みすぎてしまった。美暁は反省した。

前世の頃から、考えるよりも先に口や体が動いてしまうところは、変わっていないようだ。

それで散々痛い目にあっているというのに、性懲りもなく。

(でももう多分、あまり時間がないから)

とにかくありとあらゆる恥をかき捨てて、雪龍に自分の存在を印象付けるしかないのだ。

◇◇◇◇

中身がない上にやたらと長い官吏たちの口上を聞きながら、昨日の美暁との会話を思い出し、雪龍はいらいらとその前髪を掻き毟《むし》った。

隣に控えていた風龍が、驚き目を見開く。

「……なんだ？」

「いえ。父上でも苛立つことがおありなのですね……」

周囲に聞こえぬよう小声で返され、雪龍は怪訝そうに眉を上げた。

すると風龍は困ったように、くすりと小さく笑った。

「父上は普段淡々とされていて、あまり感情を露わにされる方ではないので」

雪龍は、良くも悪くも感情があまり揺れない性質だ。

笑うことも、怒ることも、泣くことも、滅多にない。

幼少期にそれら一切を、ほぼ必要とせずに生きてきたからか。

そんな自分が、最近風龍にもわかるほど感情を露わにするようになってしまったらしい。

そしてその理由を、風龍は察しているのだろう。

「また、美暁が何かやらかしましたか」

「……そなたの妃候補だろう。なんとかしてくれ」

「それがなんともならないのですよ。困ったことに」

そう、雪龍はこのところ、突然現れた朱家の小娘に振り回されてばかりなのである。

皇帝である雪龍を愛しているのだのなんだのと言って、やたらと付け回してくるとんでもない娘だ。

そのくせ妙に政感覚を身につけており、巧みな話術もあって思わず話し込んでしまう。

その存在に苛立ち、けれどもつい気になってしまう。——そんなところが、どうしても。

「……重なるのだ」

「……え？　誰と誰がですか」

「あの朱家のおかしな方の娘……美暁と…………そなたの母だ」

「は、母上ですか？」

風龍の母は言わずと知れた、この国の先帝陛下である。

七星龍剣に選ばれし、真の皇帝だ。――雪龍のような紛《まが》い物とは違って。

この国の誰もが、偉大なる皇帝と彼女を讃《たた》えている。

まあ、彼女を誹謗《ひぼう》すれば現皇帝である雪龍に、何をされるかわからないという理由もあるのだろうが。

一時は彼女を女性であることを理由に、歴代皇帝の名から削るべきだという動きもあったが、それらは全て雪龍が叩き潰した。

「そなたは知らぬだろうが、案外あの方は悪戯好きでな……。若い頃は散々揶揄われたものだ」

父から聞く初めての母の思い出に、風龍は顔を上げ、目を見開く。

思い出すことが苦しくて、凜風との思い出を、ほとんど息子に語らずに来てしまった。

だが話し出した途端目を輝かせた風龍を見て、そのことを今になって、少しもったいなく思う。

感情の乏しい雪龍の表情を引き出そうと、彼女は本当にいろんな悪戯をした。

雪龍が着ている袍の中にお菓子を忍ばせたり、突然後ろから抱きついてくすぐったり。

それらは誰も傷つかない、優しい悪戯ばかりだった。

「優しくて、温かく明るい方だった。本当は皇帝になんてなりたくなかったのだろう。だがこの国を守るため、仕方なくその手を血に染めた」

「……素晴らしい方だったのですね」

「一方で呑気で面倒くさがりなところもあってな。着飾るのも面倒くさいと言って、普段は簡素な袍を着て皇帝の龍袍をぞんざいに肩からかけておられた。礼部の官吏たちによく嘆かれていたよ」

戦場での生活が長すぎて、華美な宮中の暮らしが身に合わなかったのだろう。

そういえば美暁も、他家の妃候補たちに比べ随分と簡素な格好をしていた。

「そなたも知っているあの四阿でたまに休んでおられたが、いつも床に寝そべって午睡をしておられた」

「寝具もなく……？」

「ああ、床に雑魚寝だ。戦場でずっとそうしていたから慣れているのだと、笑っておられた」

飾らない人だった。凜風が行方不明になるたびに、雪龍は官吏から泣きつかれ、彼女を四阿に迎えに行っていた。

四阿の扉を開けると、彼女は硬い木の床にそのまま転がって、すやすやと健康そうな寝息を立てて眠っていることが多かった。

すぐに起こすのは忍びなくて。雪龍はいつも少しだけ凜風の寝顔を堪能していた。

大人の女性なのに、寝ている時の顔はあどけなく少女めいていて。

何度こっそりと、口付けしてしまおうかと思ったかわからない。

「権力にもそれほど執着がなく、早く安心して隠居生活が送りたいとばかり仰っておられた」

日がな一日ゆっくりと本を読んだり、花が開く姿を眺めたり、碁を打ったり。

そんな贅沢な時間の使い方がしたいのだと。よく言っていた。

けれども荒れたこの国を支えるため、彼女はあまりにも忙しかった。

「あの方が真実ゆっくりできたのは、そなたを孕み産むまでのほんの少しの間だけだった」

もっと休ませて差し上げたかった。もっと、好きなことをさせて差し上げたかった。

悔やむ言葉は、いつだって苦しい。父の深い悔恨に、風龍は目を瞑る。

「愛情深い方だった。そなたが生まれることを本当に楽しみにして、毎日己の膨らんだ腹に慈愛に満ちた目で話しかけておられたよ」

「……そうですか」

私は母上に愛されていたのですね、と風龍は滲むように笑った。その笑顔に雪龍の胸も痛む。

やはりもっとあの人のことを、息子に話すべきだったのだ。己の胸に仕舞い込んで独り占めしていないで。

「私のことも可愛いと、愛おしいと、いつもそう仰ってくださった。なんの見返りもなく」

そして美暁もまた、なんの見返りもないというのに、雪龍に愛の言葉を繰り返す。

「だから強く拒否できないのだと思う」

「……度を越えると気味が悪いのですが。一応あれも無償の愛というものですかね」

一方的に好意を伝えられているだけで、特に何かをされたわけではないのだが。

「……もちろん、全てが似ているというわけではない。美暁の目には飢えがない」

主君の目は、いつも寂しげに揺らめき、何かに飢えていた。

一方、美暁は朱家で愛されて育ったからだろう。いつも満たされた目をしている。

もし、凜風が誰からも傷つけられずに平和な時代を生きていたら、あんな娘になっていたのかもしれない、などとつい思ってしまうのだ。

まるで、幸せに育った凜風のようで。

だから余計に、美暁を見ていると心のどこかが満たされてしまうのかもしれない。手放したくないと、思ってしまうのかもしれない。

「どうしたらいいのかわからぬ……」

「もういっそ諦めて一生手元に置くというのは……」

言いかけて風龍は黙った。どうやら雪龍が随分と怖い顔をしていたらしい。

(……それはない。はずだ)

だから日々ふとした瞬間に、あの小娘のへらっとした呑気な笑顔が脳裏に浮かぶのは、きっと気のせいなのである。

第六章　出会いを演出しました

るのですよ』
『雌鶏《めんどり》歌えば家滅ぶと申します。女が権勢を振るえば、碌なことにならないと古来から決まってい

よってあの皇帝に任せていれば、いずれこの国は滅んでしまったに違いないと当時の中書令は言った。

だからこそ彼女の死は、この国を正しい道に戻すための、絶好の機会なのだと。

『雪龍様。あなたとて陛下には思うところがおありだったでしょう?』

『……』

『女は大人しく家に籠り、子を産み育てていれば良いのです。それ以上のことをする必要は一切ありません。……女の分際で男性を顎で使い、国を動かそうなどと烏滸がましいにも程がある』

雪龍はのろのろと重い頭を動かし、悦に入った様子で滔々と語る中書令の姿を見やった。

(──ああ、こいつか)

確かに後宮にまで刺客を潜り込ませることのできる人間など、限られている。

ずっと共に、主である凜風に忠実に仕えてきた。

貴族官吏らしく傲慢で気に食わないところもあれど、優秀な男だった。

警戒心の強い彼女がそれなりに信を置いていたため、雪龍も警戒を怠ってしまった。

だが妊娠中の凜風の代わりに実権を握り、その権力に味を占めてしまったのだろう。

本来ならば皇帝を通さなければならない事案すら、己の采配で動かせるという甘味に魅入《みい》られてしまった。

そしてこれが最後の機会であると、皇帝暗殺に手を染めたのだ。

最愛の妻を失い、空いてしまった雪龍の心の穴にどろりとした憎しみが満ち、これまで感じたことのないほどの激しい怒りが渦巻いた。

今すぐに斬り殺してやろうかと思った。

だが、雪龍には息子がいた。愛しい人が遺した、たった一人の子が。

なんの証拠もなく中書令を殺し、己までもが罪に問われれば、まだ赤子の風龍は、彼を利用しようとする大人たちの中で一人ぼっちになってしまう。

凜風が遺してくれた大切な息子の未来を、復讐のために擲《なげう》つわけにはいかなかった。

無表情のまま彼の話を聞きつつ、どうやって殺してやろうかと考える。

そうだ。ただ殺すなど、もったいない。

できる限り残酷に、もういっそ殺してくれと泣き縋るまで、苦しめてから殺してやるのだ。

『皇太子殿下を皇帝陛下に。そして私が摂政となってこの国を導きましょう』

まずは貴族たちを納得させるため、生まれたばかりの赤子を皇帝にし、摂政となって実権を握る。

やがて都合の良い時期に幼い皇帝を殺害。己がその座に昇る。

そんな筋書きが、中書令の頭の中ですでに出来上がっていたのだろう。

（……だがそんなことは、させぬ）

この国は、凜風のものだ。延いては息子である風龍の。――奪われて、たまるか。

心の中で何度も何度も中書令を殺す想像をしながら、血の滲むような思いで、油断を誘うため彼の意見に同意をした。

雪龍はその水面下で中書令が摂政の地位につく前に、彼の皇帝暗殺の証拠を掴むと、彼の一族を皆殺しにした。

もちろん、見せしめのために。もう二度と誰も己に、そして風龍に逆らわないように。

それから幼い風龍を守るため、自らが皇帝の地位についた。

風龍が成人し次第、譲位することを条件にして。

いつか息子が皇帝となるまでに、できるだけこの国を綺麗にしておくのだ。

（――それも、もうすぐ終わる）

何もかもに目処《めど》がついた。あと少しだ。

今後のことを考えながら、いつもの四阿に行き扉を押し開けると、息子の風龍と朱家の娘二人がすでに中でお茶をしていた。

「…………」

一体いつからここは、子供たちの溜まり場になったのであろうか。

「あ、陛下。お疲れ様でございます」

「父上、お疲れ様です」

「公務お疲れ様でございます！　陛下もお茶をお飲みになりますか？　私、お茶を淹れるのは結構得意なんですよ」

「…………もらおう」

にこにこと笑いながら茶器を見せつけてくる美暁に、雪龍はそれ以外何も言えなかった。

先日美暁に対する褒美として、自由にこの四阿の中に入ることを許したら、子供たちは勝手に出入りするようになってしまった。

最愛の妻との思い出の場所を、踏み躙られているようなもののはずだ。——それなのに。

本当に不思議でたまらないのだが、怒りの感情が湧かない。それどころか不快感すらない。

彼らがいることに全く違和感がなく、むしろ今までよりも居心地がよく感じるのだ。

美暁から完璧な所作で渡されたお茶を、一口口に含む。

「…………美味い」

思いの外美味しくて、驚く。いつかどこかで飲んだような懐かしい味がする。

すると美暁が嬉しそうに笑った。彼女はいつも、素直に感情を表に出す。

嬉しい時には笑い、悲しい時には泣く。――ああ、あの方もそうだった。

カタカタと、また腰に下げた七星龍剣が熱を発して震える。

彼らがここに来るようになってから、こうして妙な反応を示すようになった。

妻も喜んでいるのかもしれない、などと思う。

あの人は案外寂しがりやで、賑《にぎ》やかなのが好きだったから。

(若者のそばにいると、気持ちを若く保てる、だったか)

確かにそうかもしれない。前に美暁が言っていたことを思い出し、小さく笑う。

それを聞いた時は、適当なことを言うと思ったのだが。

実際彼らを見ていると、未来を感じて微笑ましく、気分がいい。

自分や凛風と違い、愛されて育ってきたからか、三人とも捻《ひね》くれたところがなく素直だ。

わいわいと楽しそうに喋る彼らの話を、雪龍は目を細めて聞いていた。

◇◇◇◇

気がつけば美暁と翠花がこの後宮に来て、半年近く経過していた。

その間に皇太子は無事成人を迎え、譲位も近いのではないかと噂されている。

美暁と翠花はすっかり後宮生活に慣れ、皇帝陛下とも皇太子殿下とも親しくしている。

翠花はすっかり皇太子殿下に恋をして、彼もまた彼女を憎からず思っていて。

時折あの四阿で、二人だけの世界のような雰囲気を醸《かも》し出しつつ談笑している。

そんな甘酸っぱい二人を、少し離れた場所からほっこりと眺めつつ、皇帝陛下とお茶を飲むのが美暁の日常である。

もちろん大好きな雪龍のそばにいられて、幸せいっぱいである。

（これは、夢にまで見た隠居後の老夫婦というやつなのでは……！）

二人でお茶を飲みながら、のんびりと庭園を眺める生活。最高である。

ただし雪龍は忙しく、せいぜい半刻ほどしかここにいられないのだが。

翠花が皇太子妃となることは、もうほぼ間違いはなさそうだ。

なんせ風龍は、翠花以外の妃候補や宮女に対しては非常に淡々としている。

つまりは明らかに、圧倒的に、翠花を特別扱いしているということで。

さらには雪龍も風龍と翠花の仲を認めているらしく、「つまりこれは両親公認ということでは……！」などと思って妙に照れてしまったのは、ここだけの話である。

一方で後宮に新たに入宮する者はおらず、それどころかぽろぽろと後宮から妃候補が減っていた。

なんでも妃候補の娘たちの父親が、罷免されたらしい。それにより皇太子妃には不適格とされ、内侍省から退宮命令が出されたようだ。

「どうやら裏で大量粛正が行われているらしいわ」

宮女に聞いたらしく、翠花がぶるりと身を震わせながら言った。

おそらくは近い未来にある譲位を見据え、跡を継ぐ皇太子殿下のために、皇帝陛下は宮中を綺麗にしているのだ。

若干過保護ではあるが、息子のために後顧の憂いを少しでも取り除いておきたいのだろう。

(……まあ、何か裏があるとは思っていたけれど)

当初からおかしいとは思っていたのだ。

なんせ今回後宮に集められたのは、戸部尚書の娘とその取り巻きの娘たちを除き、地方官吏や地方貴族の娘ばかりであった。

そして家の当主たちは皆、後宮入りする娘たちに同行して都に来ている。

つまり今、地方は長官たちがいないということだ。雪龍はそこに一斉に監査を入れたらしい。

それにより次々に不正が発覚し、地方官が次々に罷免され、その娘たちは後宮を出ざるを得なくなってしまった。

後宮を開けという奏上を受け入れたように見せかけて、その実利用していたというわけだ。

「朱家は大丈夫なのかしら?」

密かに皇太子妃に内定している翠花は、不安そうだ。

「皇帝陛下が驚くほどに不正がなかった、って前に言っていたから大丈夫だと思うよ」

あの時にはすでに朱家は監査が終了していたのだろう。とにかく美暁の家は皆生真面目なのだ。

だからこそ一度も不祥事を起こさず、この国の建国から長く続いているのだろう。

翠花が皇太子妃に内定したのは、面倒な親族がいないという点もあると思われる。

そしてそれを受けて、このたび後宮で初めて大きな宴が行われることになった。

皇帝陛下および皇太子殿下が臨席されるとのことで、やはり後宮中が浮き足立っている。

(でもまあ、もう勝者の決まっている戦いなんだけどね)

今回あえて宴を開くのは、皇太子殿下と翠花の出会いの場面を作るためだ。

宴中に、お互い恋に落ちたかのように見せつけ、この妃選びに意味を持たせるのだ。

そうすれば地方監査のために後宮を開いたという批判をも、撥ね除けることができる。

実際に皇太子は、その相手を見つけたのだから。

そしてこの宴が終わったら、翠花以外の妃候補たちは、皆家に帰されることになるそうだ。

確かに早い段階で解放した方が、彼女たちの後の人生にとっても良いだろう。

その宴で、美暁は翠花と共に、舞と奏楽を披露することになった。

「実は美貌と知性だけではなく芸才もあるのだと、皇太子殿下に知っていただくのよ」

もちろん翠花は俄然やる気である。メラメラと燃えている。

前回の面会では、皇太子殿下と会話が弾んでしまったために、他の妃候補たちのように舞や歌や奏楽を披露できず、少々悔しい思いをしたらしい。

よって、今回の宴で実はこんなこともできますよ、と見せびらかしたいようだ。

「最初にあなたが二胡《にこ》を弾いてそれに合わせて私が舞を舞い、その後私が琵琶《びわ》を弾いてあなたが舞う形でいいわね」

「なんでわざわざ舞と奏楽を交互にするの？」

「多才である私を、他の妃候補たちに見せつけるためよ」

「へえ……」

なんでも翠花は周囲の妃候補たちに、圧倒的な格の違いを見せつけたいらしい。

「きっと皇太子殿下も、私の舞を見て、琵琶の音を聞いたら、感動してくださるはずよ」

確かに話していても楽しく、女性としても魅力的であるとすれば、恋に落ちるに足る理由になる。

翠花は朱家当主の実娘ではなく、他の妃候補たちに比べ後ろ盾が薄い。

皇后になるには少し足りないそれらを、自分の実力でなんとかしなければならないのだ。

そして美暁は連日翠花に付き合い、舞と二胡の練習をさせられる羽目になった。

自分としても、雪龍に渾身の舞を、演奏を、見せられたら嬉しいので頑張るが。

ちなみに翠花の指導は、母の何倍も厳しかった。

きっとこれらが常日頃、彼女が自分に課しているものなのだろう。ただただ感服である。すごい。

――――そして宴の日、当日。

普段必要最低限の質素な格好をしている美暁も、翠花の指示により上から下まで徹底的に飾り立てられてしまった。

共に舞台に立つからと、色調だけをそれぞれ赤と青に変え、全く同じ形の、全く同じ模様の衣装を仕立てた。

身につける装飾品、髪型までもがお揃いだ。

すると、どこか中性的で涼やかな容貌の美暁と、女性らしい可憐な容貌の翠花の対比により、それぞれがさらに引き立った。

流石は翠花である。どこまでも計算され尽くしている。

「お美しいです……！」

朝から準備にかかりきりであった小蘭が、やり切った顔でうっとりと二人を見つめた。

従姉妹でありながら系統の違う美貌の二人は、並ぶと余計に華やいで見える。

「動きづらい……」

「我慢しなさい」

少し文句を言ったらぴしゃりと怒られた。厳しい。

美暁の前世を知っても、全く態度を変えない彼女が大好きだ。

一時は関係が変わってしまうのではないかと不安に苛まれたが、変わらぬ翠花に感謝しかない。

祝宴が開かれる宮に入れば、そこは広く、天井が高い大広間だった。

数え切れないほどの灯籠《とうろう》に照らされ、まるで昼間のように明るい。

並べられた卓には、これでもかと美味しそうな美しい料理と酒が並んでいる。

そして少しでも目立たんと、色とりどりの衣装を身につけた妃候補たちがいた。

(すごい……目がチカチカする……)

さんざめく色の洪水に、美暁はうんざりする。

美暁と翠花が中央に向かって歩き出せば、周囲から肌がチリつくほどの視線を感じる。

朱家の姫二人が皇太子妃の最有力候補であると、まことしやかに噂が流れているらしい。

皇太子殿下とお茶仲間だということはまだ知られていないはずなので、やはり女性の勘というものは侮れないのだな、などと思う。

やがて皆が席に着いたところで、銅鑼《どら》が鳴らされ、大広間に皇帝陛下と皇太子殿下が入ってきて、動き出さんばかりの素晴らしい龍の彫刻が施された椅子に、それぞれ座る。

皇族を示す見事な龍の刺繍が入った袍が、とても似合っている。

公の場で、こうして並んだ二人を見るのは初めてで。

何やら感慨深く、美暁は胸がいっぱいになってしまった。

二人のその麗しさに、大広間中が色めき立った。

もちろん朱家の姫二人も、うっとりと彼らを見つめている。

「殿下が素敵すぎて、心の臓が破裂してしまいそう……!」

翠花がまるで乙女のようなことを言っている……! などとうっかり口に出してしまったら元々乙女だと怒られた。解せない。

宴は粛々と進み、妃候補たちが中央に作られた舞台でそれぞれの芸を披露し始めた。

皆が皆、妃になることを目指してやってきた娘たちだ。

やはり素晴らしい技能の持ち主ばかりである。

うっとりと眺めつつも、美暁は不安になってきた。

「……翠花。私、自信がなくなってきた……」

「大丈夫。間違いなくあなたの舞が、一番迫力があるから」

美暁の舞は、美しいかどうかはともかくとして、迫力だけはあるらしい。

これは誉められているのだろうか。褒められているのだと思いたい。

翠花の言う通り、体についている筋肉量からして美暁は他のご令嬢たちと圧倒的に違う。

確かに迫力と速度だけなら負けないだろうと、美暁は少し自信を取り戻した。

やがて朱家の姫、二人の出番が回ってくる。

皇帝陛下も皇太子殿下も、若干心配そうな目で美暁を見ている。彼らからの信用のなさが辛い。

翠花と共に後宮の作法に則った礼をし、美暁は演者用に設置された椅子に座る。

その手にあるのは二胡だ。

二胡はその名の通り二弦の弦楽器だ。美暁が愛用している二胡は紅木で作られており、六角形の琴筒には蛇の皮が貼られている。

ピンと張られた二弦を竹と馬の尻尾で作られた弓で弾いて演奏する、哀愁のある音色が印象的な楽器だ。

弦の上に置いた指の腹をわずかに震わせ、音に波をつけて弾き始める。

流れ出した物悲しい音色は、誰もが一度は聞いたことのある、悲恋の曲だ。

なんらかの理由で引き離された恋人たちが、会いたいと互いを恋しがる様子を表現したものである。

これは、翠花の選曲だった。彼女はわざとこの曲を選んだ気がする。

おそらく翠花は、皇帝陛下に気づかせたいのだ。かつての妻が、今、ここにいることを。

――そして親友の切ない恋が実ることを願っている。

(本当にもう、なんだかんだ言って優しいんだから)

雪龍のことを想えば、演奏に感情が乗る。恋しくて愛しくて、けれども届かない悲しみが。

その音色に合わせ、悲恋に打ちひしがれる様子を、情念が滲み出るように舞う翠花。

その艶やかさは、どう見ても十五歳には見えない。

ゆっくりと、けれども音と寸分の狂いなく、その指先から揺れる裳の動きまでもが完璧だ。

楽しい宴のはずが、皆、涙を浮かべながら翠花の舞を見ていた。

もちろん皇家の男たち二人も、魂が抜けてしまったかのように、翠花と美暁を見つめていた。

一曲を演奏し切って、美暁は一つ息を吐いた。

翠花との厳しい練習の日々は裏切らず、危なげなく演奏することができたと思う。

けれども曲の終わった余韻のまま、周囲は静寂に包まれていた。

（……あれ？　やってしまった？）

慌てて翠花の方を向けば、彼女はやり切った満足げな顔をしていた。

そして風龍の方を向き、綻ぶように微笑みかける。風龍の顔が、真っ赤に染まった。

（あざとすぎる……！　流石……！）

皇太子殿下がまさに恋に落ちた瞬間を、翠花は完璧に具現化させてみせた。

皇帝陛下が手を叩き、我に返った者たちが、感嘆のため息を吐き、倣って手を叩いた。

次に場所を入れ替え、琵琶を抱えた翠花が椅子に座り、美暁が舞台中心に立つ。

そう、美暁の舞は美しさよりも迫力である。筋肉に物を言わせて舞えばいい。

気合を入れて一つ息を吐く。緊張で心臓の音が聞こえそうだが、それを無視して笑顔を作る。

翠花の手にある銀杏型《いちょう》の撥《ばち》が、目にも留まらぬ速さで、弦を弾く。

原曲よりもかなり速度《テンポ》が速められている。翠花が間違えているのではないかと、妃候補たちの冷たい目と嘲笑が彼女に向けられるが。

その速度で美暁は踊り出した。一拍たりとも遅れることなく完璧に琵琶の音に合わせ、素早く体を動かし、ぴたりと止め、また素早く動かす。

そうすることで、見る人間に強く印象を残すのだ。

前世から、舞い踊ることは嫌いではなかった。

よく酔っ払っては真剣を使って剣舞を舞い、怪我をしたらどうすると、雪龍や景老師に怒られたものだった。

翠花の奏でる音色が、一気に緩やかになる。

美暁の動きもまた、それに合わせてゆっくりになる。

体をゆっくりと静かに動かすことは、実は素早く動かすよりも筋肉を使う。

さらには失敗が目立ちやすいので難しく、実力が露見しやすい。

風に舞い落ちる花びらのようにゆっくりと手のひらをひらりひらりと動かすその動作は、実は腕の筋肉が小さく震えるほどに力が入っている。

それでも微笑みは崩さず、なんてことのない、まるで簡単にできると錯覚してしまうように舞う。

先ほどの翠花の舞のような色っぽさはまるで感じないが、——そう、迫力があった。

その場にいる者たち全員が、美暁の舞に目を奪われていた。

◇◇◇◇

「……素晴らしいですなぁ」

皇帝である雪龍の横には、一人の高位宦官が付いていた。

雪龍の侍医であり、先々帝の頃からこの後宮で働いている景老師だ。

「かなりの筋肉量がないと、あのような舞は踊れません。ただのご令嬢とは思えませんな」

「──何が言いたい」

目は美暁の舞に釘《くぎ》付けのまま、雪龍は問うた。

「先帝陛下が、酔っ払っては舞われていた姿によく似ておられるなと」

「…………」

確かに、と思ったが、雪龍は黙っていた。この老人、一体何が言いたいのか。

「あのご令嬢の後宮に入宮した際の検査を私が担当したのですが。やはり筋肉のつき方が妙でしてな」

「…………ほう」

「これがまたそのお体が先帝陛下にそっくりだったのですよ。聞いてみれば実家で兄君に交じって剣を振り回し、弓を引いておられたのだとか」

そこまで言って、彼はわざとらしく首を傾げてみせた。

「おそらく剣を振る際の癖が先帝陛下と一緒なのでしょう。妙なこともございますね」

どうやら舞が終わったようだ。会場中から歓声が上がる。

この老人のせいで、一部を見損ねてしまった。そのことが妙に腹立たしい。

「…………」

だが何故自分は、こんなに憤っているのだろう。

あの娘の踊る姿など、別に見る必要はないはずなのに。

隣の皇太子が立ち上がり、翠花を近くに呼び寄せる。

それまでなかった事態に、会場が静まり返る。

お似合いの二人は寄り添い何かを囁き合い、微笑み合う。

「どうやら皇太子殿下も気に入った娘がいたようですな。よろしゅうございました」

「も」ってなんだ、と思いつつ、周囲を見やれば、羨望と嫉妬の感情に満ちていた。

特に戸部尚書の娘が殺意すら感じるほどの、物凄い形相で二人を見ている。

問題を起こし謹慎したというのに、全くもって反省をしていないようだ。

(まあ、そうしていられるのも今だけか)

だがどうやら、ここにいる妃候補の娘たちを全て後宮から退去させるまで、朱家の娘たちの安全に気を配る必要がありそうだ。

(――いや、違う。あの娘も退去させるべきなのだ)

「朱家の娘たち」ではなく必要なのは朱翠花だけで、朱美暁は別に後宮に残す必要はない。

むしろ今すぐにここから退去させたとて、なんの問題もない。

つまりはとっとと追い出して、雪龍の平穏な生活を取り戻して良いはずなのだ。

それなのに、そのことを考えると妙に胸をむかむかと不快な感覚が襲う。

だがその理由について、雪龍は考えることを放棄した。

第七章　死にたがりの皇帝陛下

宴の後、翠花には翡翠宮という宮が丸ごと与えられた。

それは正殿に近く、最も寵愛を受ける妃に与えられる宮だ。

美暁も翠花のたっての希望で、同じ宮内に部屋をもらうことになった。

どうやら彼女は、出世してお妃様になったら女官として取り立ててくれ、という言葉を律儀に守ってくれたらしい。ありがたい限りである。

だが明確に皇太子の寵愛を受ける妃の出現に、後宮内は荒れに荒れた。

おかげで美暁は、しばらくの間なかなかに刺激的な日々を送ることになった。

まあ、想定内である。むしろこれまでが平和すぎたのだ。やはり後宮とは、もっとドロドロでなくては。

「いやあ、これぞ後宮って感じがするよね！」

「ちょっと。美暁。なんでそんなに楽しそうなのよ」

虫や動物の死体が送りつけられてくるなど序の口で、時に物が盗まれたり毒物が食事や菓子に混ぜられることもあった。

だが前世戦場を走り回って人間の死体にだって慣れている美暁が、送られてきた虫や動物の死体如きを怖がるはずもなく。さっさと庭に埋葬してやった。

そして翠花が口にするものは、相変わらず全て美暁が毒味を行っている。

最近ではとうとう殺傷能力のある毒が、盛られるようになってきた。

だが盛られた毒物はごく一般的なものばかりで、ある程度知識があれば少量口に含むだけですぐにわかる程度のものだ。

自慢ではないが、かつてありとあらゆる毒物を盛られた記憶を持つ美暁にとって、それくらいの判別は実に容易いことだった。

「まあ、余裕ですよね！」

「格好良いわ、美暁！　私の女官ったら超有能！」

おかげで翠花を守れるのだから、やはり人生に無駄なことなどないのかもしれない。

もちろん美暁も翠花も残念ながら我慢をする性質ではないので、あった被害は堂々と翡翠宮にやってくるようになった皇太子殿下に、粛々と証拠を携えて報告した。

弱々しく助けを求める翠花に、風龍は頼られたと張り切り、後宮を管理する内侍省に命じて徹底的に捜査させた。

内侍省の宮正たちにより、抜き打ちで妃候補たちの部屋が調べられ、翠花が盛られた毒物やら、簪に模した刃物やらが次々に発見された。

もちろんこれらは全て、後宮内に持ち込みが禁止されているものだ。

おかげで嫌がらせの実行犯たちは、速やかに後宮を出され、処罰されることとなった。

これら一連の出来事により、翠花に対する皇太子の寵愛は深く、彼女に害をなせば、すぐに皇太子が動くと周囲は悟ったようだ。

その後、後宮内はまた静かになった。

やはり発生した問題は、迅速な報告と連絡と相談で、あっさりと解決するのである。

そして二人は、今日も呑気にお茶を飲んでいる。

皇太子妃に内定した翠花は、豪奢な螺鈿細工の椅子に気怠く寄りかかるように座っている。

もはやその色気は、十五歳の少女のものではない。

その桃色の唇に、お茶請けの棗《なつめ》を押し込む指先までもが艶かしい。

(勝てるわけがないわ……)

美暁はしみじみと思った。想定よりあっさりと後宮が静かになったのは、この翠花の圧倒的美と才能もあるだろう。

人は己の手が届きそうな範囲にこそ、より嫉妬するものだ。

天上の相手は、そもそも己との比較対象にはならず、嫉妬対象にもなりにくい。

(翠花だったら仕方がない、という感覚は絶対にあるよね……)

「それにしても今回の黒幕も、やはり麗華様だったようね……」

棗を嚥下して、今度は干した杏《あんず》を手に取りながら翠花が呟く。

戸部尚書の娘、姜麗華もまた、今回の件で後宮から追い出され、牢《ろう》に捕らわれている。

彼女の部屋からは何も発見されなかったが、処刑を恐れるあまり実行犯の少女たちが、尋問中あっさりとその名を漏らしてしまった。

残念ながら命を賭すほどの忠誠心は、得ることができなかったらしい。

「多分父親に、何がなんでも皇太子妃になれと命令されていたんだろうね」

まだ証拠は見つかっていないが、持ち込まれた毒などの出所も、おそらくは戸部尚書だろう。

「私が死んだら、自分に好機がやってくるとでも思っていたのかしら？」

あまりにも安直だと、翠花は肩を竦め、杏を口に放り込んだ。

「まあ、それだけじゃなく。多分翠花のことが羨ましくて、恨めしかったのもあると思う。何をされたわけでなくとも、ただ自分よりも優れていたり恵まれているってだけで、見当違いの憎しみを募らせる人間って案外少なくないからね」

自分より幸せな人間が、全て敵のように感じてしまう。

特に、あらゆるものに恵まれて育ってきた彼女は、後宮にやってきて翠花の存在に打ちのめされたのだろう。

そして皇太子に翠花が選ばれたことが、自分よりも恵まれていることが、許せなくなってしまったのだ。

生まれて初めての敗北に、耐えられなかったのだろう。

(人を羨んでも、有益なことなど何もないのに)

そしてそこをおそらくは父に唆され、少しでも翠花を不幸にしたいと足掻《あが》いた結果、許されない罪にまで手を染めてしまったのだろう。

人が集まれば、どうしたって一定数問題を起こす人間がいるものだ。仕方がない。

「あらまあ、怖いわね」

だがそれを聞いた翠花は杏を咀嚼《そしゃく》する口を扇で隠し、まるで他人事のように小さく笑っただけだ。

羨ましがられやっかまれることは、彼女にとってむしろ勲章のようなものなのかもしれない。

(今日も強い……)

流石の翠花様である。鋼のように強い。

今や皇太子に愛されているという自信に満ちた彼女に、怖いものは何もないようだ。

ちなみに捕らえられた娘に対し、戸部尚書は早々に娘が勝手にしたことであり自分は関係がないと宣っているらしい。

「無茶を言うよねえ……」

思わず失笑してしまうお粗末さである。

そんな子供の言い訳のような主張が、通用すると思っているのか。

屋敷の中で大事に育てられたであろう箱入り娘が、どうやって毒物を手に入れたというのか。

前回の茶会と同じく、手を回したのは間違いなく戸部尚書だろう。

前世、彼のことはわずかばかり覚えている。凜風だった当時、彼は戸部の次官である戸部侍郎であった。

当時はそれほど印象の強い人物ではなかったように思う。

凜風の死後、持ち上がりで戸部尚書の地位を得たのだろう。

「でも、もう終わりでしょうね」

翠花は冷ややかに笑う。情が深いように見えて、いざとなれば冷酷な面もあるらしい。

そこもまた次期皇后として、頼もしい限りである。

「――戸部尚書も近く、罷免されるそうだから」

しかも今回の娘の件が原因ではない。

彼が尚書を務める戸部は、国土の管理と財務を担っている部署だ。

そこへこのたび、国の監察機関である御史台による監査が入った。

そして地方官吏たちとの癒着、および税制の穴を利用した不正な資金集めが発覚した。

「それもあなたが皇太子殿下に奏上したのだとか」

「ああ、免税作物の件ね。元々この国の税制が穴だらけなんだよ。だから不正の余地がたくさんあるんだよね」

税に対する知識があれば、いくらでも脱税が可能である。

今回も新たに開墾した土地を国には報告せず、国税では免税対象である作物を作らせ、そこから地方税のみを取り立てていた。

それらを見逃す代わりに、その収益の一部が戸部尚書の懐に入っていたということだ。

「法律はさ、あまりきっちりと作りすぎても融通が利かなくなるから難しいんだけど」

「きっちり作った方が良いのではないの？」

「緊急事態の時とか、世情が変わった時とかのために逃げ道も必要なんだよ」

「ふうん。そういうものなのね」

実際この国の法である律令《りつりょう》は、初代皇帝の頃から変わっていない。

初代皇帝により、改正は認めないと定められているからだ。

だからこそ七星龍剣を抜いただけのぽっと出の凜風が、律令の定めにより皇帝になれたわけだが。

時代の変化と共に、律令では足りなくなった部分を補填するために作られる新たな法を『格』と呼び、運用する上での様々な細則を『式』と呼ぶ。

これら格式を律令に付け加えることによって、この国は運営されている。

「今回の件で律令の税法部分に対して大量に格式が増えることになるだろうね。免税となる作物は少なくなるだろうし、開墾した場合には速やかな報告が必要になるんだろうなあ」

そしておそらく今回の件で、多くの官吏が罷免されることだろう。

奏の国の政治体系は、三つの省で成り立っている。

皇帝のそばでその命令を起草する中書省と、皇帝の命令の審議を行う門下省《もんかしょう》、そして実務に携わる尚書省。

その各長官は宰相職と呼ばれ、彼らと皇帝、皇太子による合議の上で、重要政策は決定される。

この国で現在宰相職にある者は、皆元々は凜風の臣下であり、最高に優秀で性質《タチ》の悪い連中ばかりだ。

（あいつら、本当に性格悪いから……）

おそらくは嬉々《きき》として私服を肥やした地方官吏たちを皇帝の名のもとに罷免し、財産を巻き上げ、国庫を潤すことだろう。

可愛い夫と息子が毒されそうで、心配である。まあ、今更な気もするが。

免税作物を作ること自体は、不正ではない。

貧しい農民の密かな副収入として、これまで見逃していたものだ。

けれども地方行政においてそこに独自の地方税をかけたこと、新たな開墾地を国に報告しなかったことは許されることではない。

「今回地方官吏の娘ばかりが集められたのも、その裏で陛下が一斉に地方に御史台を派遣し監察させることの目眩《めくらま》しだったみたい」

中都督である朱浩然の娘の二人を含め、戸部尚書の娘以外、それぞれ地方行政の首長の娘ばかりが集められていた。

その際皇帝への挨拶という形で、首長たちも皇宮に集められていたのだ。

つまりは監査対象の地方官吏の娘たちばかりを集めた、ということなのだろう。

そしてその合間に、密かに御史台の御史を地方に向かわせ、監察を行わせていた。

(……風龍に譲位する前に、できるだけ身の回りを綺麗にしようとしたのだろうなぁ)

汚れ仕事は極力自らの手で終わらせてから、皇帝位を引き継ぐつもりなのだろう。

随分と息子を甘やかしているなあ、と美暁は笑う。

だがそうやって子供を甘やかすことができるのも、この国が平和な証拠だろう。

「それにしても、戸部尚書はどうしてそれほどまでにお金を集めようとしたのかしらね」

官吏として有数の地位におり、それなりの財産もある。

だというのにさらに金を集めようとする、その理由。

(……まさか、謀反とか?)

戸部尚書の妻は確か、先々帝の徳妃を母とする公主だった。

よってその血筋だけならば、凜風や雪龍よりもずっと確かだ。

凜風が女帝となり、その息子である風龍が皇太子となった。

つまりは女系から次代の皇帝が誕生するならば、同じく公主を母とする自分の息子が皇帝になっても良いはずだ、とでも考えたのかもしれない。

麗華がやたらと血筋を口にしていたのも、それが理由かもしれない。

「……このまま素直に大人しく罷免を受け入れると思う?」

「あら。受け入れるしかないんじゃない? 戸部尚書如きにどうにもできないでしょう?」

そう、翠花の言う通り、心配する必要はないと思う。

美暁が気づいていることは、大体雪龍も気づいているはずだ。

謀反を起こす前に、叩き潰されることだろう。——それなのに。

(なんだろう。妙に胸がぞわぞわする……)

この感覚は、おそらく父譲りだ。美暁の嫌な予感は、大体当たる。

「ご歓談中申し訳ございません。まもなく皇太子殿下がお渡りになります」

先触れの宮女に、それまで気怠そうな表情だった翠花が顔を輝かせた。

そそくさと立ち上がり、身だしなみにおかしなところがないか素早く確認する。

そして自ら彼を迎えようと、扉へ向かう。

風龍の前では、すぐに恋する乙女になる彼女がとても可愛い。

「いらせられませ。殿下」

扉が開いた瞬間、花のように笑う彼女に、風龍は一瞬魂が抜け落ちたような表情を浮かべる。

そんな初々しい二人を、美暁はほっこりした気持ちで見守る。今日も息子と親友が可愛い。

「——翠花。元気にしていたか? ……それから美暁も」

付け足したように聞かれた美暁は、もちろんにっこり笑って「はい」と答えた。

少々ぞんざいに扱われている気がするが、実際邪魔者なので仕方がない。

「殿下にお会いできて嬉しいですわ」

「翠花……！」

手を取り合う二人は、まるで久しぶりに会ったかのような様相だが、実は昨日も会っている。

きっと若い恋人たちは、毎日会っていたって足りないのだろう。

羨ましいなどと思っていない。――少ししか。

美暁の視界が若干潤んだのは気のせいだ。

（……最近陛下に会えていないなあ……）

堂々と颪龍がこの翡翠宮に渡れるようになったため、この三人であの四阿に集まること自体が減ってしまった。

さらには美暁自体、正式に女官に任命されたため様々な仕事が課され、これまでのように雪龍に粘着できなくなってしまったのだ。

（もう五日くらい陛下の姿を拝見していないな……）

たかが五日だが、粘着者としてはされど五日なのである。

「そういえば、今日は随分と早い時間ですね」

窓の外を見れば、まだ太陽は陰っていない。

いつもなら夕方以降に来ることが多いのにと、美暁は首を傾げた。

「ああ、陛下が美暁に書状を届けてほしいと」

「――私に、ですか?」

そう言って渡された封書は、皇帝の命令書等に使われる最上級の紙だ。

(……それにしても皇太子殿下を伝令として使って良いものなのかな……)

何故わざわざ彼に頼むのだろうと首を傾げながら、美暁はそっとその手紙を開いた。

翠花と風龍がわくわくと美暁を見ている。中身が気になっているのだろう。――だが。

「……何も書いてない」

「……え?」

その手紙は、無地であった。一体どういうことなのかと、三人が首を傾げたところで。

大きな金属の擦れる音と、重い何かが閉まる音が後宮中に響き渡った。

あまりの音の大きさに、一体何事かと、風龍と美暁が部屋の外へ飛び出す。

「――後宮の門が閉じた音だ」

その音を、かつての生で聞いたことがあった。美暁の口から、乾いた声が漏れた。

その扉は、滅多なことでは閉じられない。閉じるのは緊急事態の時のみだ。

凛風として生きた前世においても、閉じられたのはただの一回だけだ。今回で、二回目。

(一体何があったの……!?)

美暁の体を、冷たい何かが走り抜けた。

「翠花はここで待っていてくれ」

翠花を置いて、美暁と風龍は後宮の廊下を走り出した。

そんな二人に、すれ違った宮女たちが目を丸くしている。

後宮と正殿は一つの出入り口で繋がっており、そこには頑丈な鉄製の扉がついている。

いざという時に、皇帝の身を守るため作られた扉だ。

成人男性が複数人いなければ開けることも閉めることもできない、重い扉。

そこを閉めてしまえば、後宮への賊の侵入を、しばらくの間防ぐことができる。

――その扉が、閉められている。

それはつまり、風龍も美暁を始めとする後宮の女たちも、皆が閉じ込められたということだ。

「一体何を……！　ここを開けろ……！」

風龍が怒り、その鉄製の扉を叩く。

すると扉の向こう側から、恐れるような震える声で返答があった。

「皇帝陛下の勅命でございます！　皇太子殿下、並びに朱家の姫君たちを後宮内に閉じ込めよと」

「父上が……？」

嫌な予感が止まらない。一体正殿で何が起きているのか。

耳を澄ませば、鉄の扉越しにも怒声と剣戟《けんげき》の音が聞こえてきた。美暁の全身から脂汗《あぶらあせ》が滲み出る。

そう、自分は過去、同じ状況を知っている。――つまりは。

「……叛乱が起きている、ということ」

「美暁！　おい！　どこへ行くんだ……！」

それに思い至った瞬間、弾かれたように美暁は走り出した。

かつて凜風は、禁軍を率いてこの皇宮に攻め入ったことがある。

その際、正殿を占拠し、父や異母兄を捕縛しようとしたところで、突然この後宮へ続く扉が閉められたのだ。

確かにこの扉は優秀だ。頑丈で、正面突破するのは難しい。破城槌を使用してもびくともしない。

だが後宮を陥《おと》すことは、実に容易かった。

なんならそのまま閉じこもっていてもらえばいいのだ。つまりは兵糧攻めである。

あの中には、当時一万人以上の妃妾や宮女や宦官、そして皇族たちが逃げ込んでいた。

だが一万人以上を長期間に亘り、養う食糧は残っていなかった。

だから凜風は誰一人として出られないように出入り口を軍で固め、彼らの投降を待つだけでよかった。

結局飢えに耐え切れず、後宮に閉じこもった者たちは一ヶ月も保たずに扉を開錠し、投降した。

こうして凜風の帝位簒奪は、成ったのだ。

（……今回の叛乱は、そんな大規模なものではないはずだけれど）

おそらく禁軍は動いていない。少人数が捨て鉢になって起こしたものだろう。

（戸部尚書を筆頭に、今回の大粛正で罷免された、高位の官吏といったところか）

つまり皇宮にいる衛士や武官たちにより、速やかに鎮圧される程度のものだ。

正殿に蔓延《はびこ》る叛逆者たちを駆逐するまでの一時的な籠城であれば、あの後宮は非常に高い性能を発揮する。

つまり雪龍は、念のため風龍と翠花と美暁を安全な後宮に閉じ込めて、叛逆者たちと相対するつもりなのだ。

大した話ではない。わかっている。ものの数時間で終わるささやかなものだ。

それなのに、やはりどうしても嫌な予感が消えない。

美暁はひたすら走る。足に絡まる裙子が、酷く邪魔だ。

やっぱり後宮でも袍を着て過ごせばよかった、なんてことを今更ながらに思う。

次期皇太子妃殿下の筆頭女官として、妃殿下の身を守るためとか言えば、許してもらえたりしないだろうか。

（うん。無事に帰れたら翠花に訴えてみよう）

そんなことを考えて、ほんの少しだけ笑う。

「美暁！　待て……！」

後ろから風龍が追いかけてくる。皇太子殿下を全速力で走らせている自分、すごいかもしれない。

やがていつもの四阿にたどり着くと、美暁は中に入り、ちっとも似ていないかつての己の姿絵の前の床板を躊躇《ちゅうちょ》なく引き剝《は》がした。

そこには、地下へと続く隠し通路があった。

(ここを通るのも久しぶりだな……)

この四阿には密かに作られた、後宮と正殿にある皇帝の執務室を行き来できる隠し通路があった。

それがかつて皇帝だった自分が、この四阿を休憩所にしていた理由だ。

隠し通路を通ることで誰の目に触れることもなく、こっそりと行くことができる場所だったから。

緊急時だけなどもったいないと、その隠し通路を凜風は日常的に使用していた。

ちなみにこの隠し通路は、代々の皇帝が次期皇帝たる皇太子に口伝でのみ伝える国家機密であるらしい。

そのことを凜風が知ったのは、投降すれば処刑されると恐れた父が、のうのうとこの隠し通路を通って、籠城している後宮からこっそり一人逃げ出そうとしている場面に鉢合わせたからだ。

妃嬪や子供たちを置き去りにして、自分だけが助かろうとして。

埃だらけになりながら、執務室で震え上がる父を見て、これが皇帝かと酷く情けない気持ちになったことを、覚えている。

やがて隠し通路の突き当たりに着いた美暁は、その壁を思い切り蹴り倒す。

がごん、と物悲しい音を立てて、そこに貼られていたものが下へ落ちる。

すると一気に通路内に光が差し込み、開けた目の前の光景に、全身から血の気が引いた。

（お願い……！　間に合って……！）

美暁はできる限りの速さで、隠し通路から飛び出した。

（馬鹿だ……！　本当に馬鹿だ……！）

――いつだって雪龍は、賢いのに馬鹿なのだ。

だからこそ、あんな女に生涯尽くそうとするのだ。

そんな重荷は、とっとと捨ててしまえばいいものを。

◇◇◇◇

「……賊は全て鎮圧いたしました」

武官が雪龍の前に跪き、報告をする。

雪龍はその男を、目を細めて見やった。

「愚かな……何故簒奪など考えたものか。成功などするはずがなかろうに」

中書省の長官であり、雪龍の側近でもある張《ジャン》中書令が苦々しく言った。

「罷免が決まり、死なば諸共《もろとも》とでも思ったのだろうよ」

戸部尚書を首魁《しゅかい》とし、皇宮内で起こされた、ごく小さな叛乱。

娘が皇太子妃となることを狙っていたようだが、残念ながら皇太子が選んだのは、地方の中都督の娘であった。

それに憤慨した彼の娘は、次期皇太子妃となる女性に毒を盛ろうとした。

だがそれもまた失敗に終わり、娘は捕らえられ沙汰を待つ身となってしまった。

そこで追い詰められた彼は、とうとう簒奪を考えたのだろう。

彼の妻は、由緒正しい高貴な血を継ぐ元公主である。

男性皇族が皆殺しにされ、皇家が女系となってしまった以上、卑しい宮女の血を引く女帝の子である皇太子よりも、己の息子の血筋の方が上であるという考えを拭えなかったようだ。

そして皇帝の座を、より正統な血の者へという考えに、囚《とら》われてしまったらしい。

本来なら地方から税制の抜け道を使って集めた多額の資金で、もっと大規模な叛乱を起こす予定だったのだろう。

だがその前に、その資金の経路を暴かれ、さらには罷免されてしまった。

よって自暴自棄になり、わずかな手勢で蜂起してしまったようだ。愚かなことである。

「税制の抜け穴をついて、よくもまあこれほどまでに荒稼ぎしたものです。元々財務の専門家ではあったのですが。これを原因として、税制の改定を急がねばなりませんね。至急中書省にて草案を作らせます」

彼は先帝の時代より、雪龍の治世にずっと付き合ってくれた優秀な男だ。

雪龍があれこれ指示する前に、色々と先んじて動いてくれる。

「……それで張中書令。考え直さぬか」

「いえ、陛下が皇太子殿下に譲位なさるのであれば、この老耄《ろうもう》もこの座から辞すべきでございましょう」

張中書令は、雪龍が譲位したら、自身も引退すると明言していた。

「そなたには皇太子を支えてほしいのだ。まだあの子は未熟な点がある」

風龍は文武両道で優秀な子だ。だがどうにも素直で純粋でまっすぐすぎる。

だからこそこの狸爺《たぬきじじい》のような、真っ黒な腹の、卑怯《ひきょう》で太々しい人間にそばにいてほしいのだ。

「そんなことはご自身がなさいませ。私は何度も譲位は時期尚早であると申し上げました。もう少しあなたが玉座を温めてからになさるべきだと」

そして張中書令は己の首をかけて雪龍の退位を阻もうとしている。

「…………」

雪龍はずっと頑なに、息子が成人になり次第、譲位すべきだと考えていた。

だがここに来て、少し迷いが出ていた。もう取り返しがつかないとわかっているのに。

「……だが、もう遅いのだ」

そんな雪龍の言葉に、張中書令が怪訝そうな顔を浮かべる。

そう、もう遅いのだ。今ここで、雪龍の企《たくら》みは終わる。

目の前で膝をついていた武官が、許可を与えていないのに音もなく立ち上がる。

この報告に来た武官が、己の命を狙う刺客だということに、雪龍は最初から気づいていた。

なんせ彼は雪龍本人が、戸部尚書が雇うように仕向けた、国内有数の優秀な刺客なのだ。

――そう、ここで自分を殺してもらうために。

そしてこちらを向いている中書令が気づかぬうちに、音も立てずに腰にある剣を引き抜き、雪龍へと向ける。

その全てが、妙にゆっくりと見えた。

生存本能からか、無意識のうちに雪龍も腰の剣に手をかけ、それから理性で止める。

もう、自分のなすべきことは終わった。だからもう良いのだ。

そもそもこれは、随分と前から雪龍自身が仕込んでいた仕掛けだった。

最も速やかに憂いなく新たな皇帝に帝位を引き渡す方法は、現皇帝が死ぬことだ。

流石に雪龍がここで殺されたのなら、性格は悪くともこの国を愛する張中書令のことだ。きっと正しく速やかに事態を収拾し、諦めて風龍を皇帝とし、支えてくれることだろう。

己の生に未練などなかった。妻を失ったあの時から。

――ああ、それなのに。

(おかしいな……)

何故心の一部が、死にたくないと泣いているのだろう。生きたいと、欲を出しているのだろう。

「どうして……」

思わず呟いた瞬間、赤い髪の少女の顔が脳裏に浮かんだ。

（……ああ。この半年。私は楽しかったのか）

あの規格外の娘、朱美暁。

次に何が出てくるかわからない、驚喜盒《びっくりばこ》のような少女。

会うたびにしつこく好意を伝えてきて、けれどもそれが不思議と不快ではなくて。

雪龍は己の選択を、少しだけ後悔する。

今更になって、あの子たちの行く先を、もう少しだけ見守りたかったと。

（……馬鹿だな）

どちらにせよもう動き出してしまったことは、どうすることもできないのに。無様なことだ。

そうだ、もう何もかもが今更だ。諦めろ。

――これであの人の元に行けるのだから。

そう自分に言い聞かせ、必死に沸き上がる未練を抑え込む。

そして雪龍は己に死をもたらすであろう衝撃を待って、目を瞑った。


「来い！　七星《チーシン》！」

――だが、次の瞬間。

不本意ながらも聞き慣れた、けれどもここで聞くはずのない声が聞こえた。

だが普段とは違う、命令に慣れているであろう、冷厳たる声。

驚き雪龍が目を開けば、目の前を色鮮やかな絹がはためき、見慣れてしまった燃えるような赤い髪が舞い踊った。

（……美暁……？）

雪龍の腰にただの象徴として下がっていたはずの七星龍剣が、何故か知らぬ間に突然現れた彼女の手にあった。

そして鞘から、その虹色に輝く刀身が抜き放たれる。そこに彫られているのは連なる七つの星。

息を呑《の》む音が、隣にいる中書令から漏れた。

苛立ち美暁に斬りかかった武官が、あっという間に打ち倒される。尋問するためか、命までは奪っていないようだが。

——その剣筋に、見覚えがあった。

父である皇帝の嫌がらせで、七星龍剣の主人でありながら、凜風は真っ当な剣の師を得ることができなかった。

だから彼女の剣は、我流で特徴的なのだ。見違えるはずがない。

（——まさか）

信じられない、と心が叫ぶ一方で、やはり、と納得する気持ちがあった。

走ってきたからだろう。髪を振り乱し肩で息をしている彼女が、こちらを振り向いた。

そこにあるのは。怒りに満ちた、琥珀色の瞳。

「――死にたがりの皇帝陛下。あなたが会いたい人は、あの世にはいませんよ。残念ながらね」

美暁は雪龍に対し、怒り狂っていた。

そう、昔から彼女は、雪龍が己を粗末にすると怒るのだ。

だが、本当に彼女なのか。まだ、確信が持てない。

「……どうして？」

良い大人で、人の親でもあるのに。雪龍の口から、子供の頃のような幼く情けない声が漏れた。

「だって今、目の前にいるからね。――妾の可愛い雪《シュウ》」


――かつて、たった一人。自分をそう呼んだ人がいた。

確信した瞬間、弾かれるように、その場から雪龍の体が動いた。

あの頃よりもさらに小さな体を、包み込むように、逃さぬように抱きしめる。

「凜風様……。凜風様……。凜風様っ……！」

込み上げてくる嗚咽と共に、愛しい名を呼ぶ。

すると彼女の手が背中に回されて、宥《なだ》めるように優しく雪龍の背中を叩く。

かつての、幼い頃のように。

「寂しかったのです……どうしようもなく、耐えられぬほどに、寂しかったのです……」

先ほどから、子供のような拙い言葉しか出てこない。

成人した息子がいる、中年男のくせに。

「あなたを置いて、何もかもを押し付けて、死んでしまってごめんなさい……って凜風が言ってました」

そんなことを言われたら、またしても涙が溢れ出てしまう。

「いえ、あなたは悪くありません。悪くなどないのです。それに私に風龍を遺してくださいました」

何度も何度も、凜風の後を追おうと思った。辛くて苦しくて、それでも。

雪龍に縋る小さな紅葉のような息子の手が、それを許してはくれなかった。

だからこれから先の人生は、ただこの子のために生きようと思った。

彼女の遺したこの国を、帝位を、全て引き渡せるまで。

「あの……」

雪龍が泣き続けていると、中書令が恐る恐る美暁に声をかけてきた。

「もしや先帝陛下でいらっしゃいますか？」

「あ、もしかして張兄ですか。老けましたねえ。出世しましたねえ。ちなみに本人というわけではなくて、ただ凜風として生きた記憶があるだけで、違う環境で生きてきた別の人間ですよ。そこの

「うわあ。決めつけてるし！　相変わらずの不敬ぶりですね……！」

「その適当な感じが、実に先帝陛下でいらっしゃる」

ところはお間違いなきよう」


中書令がくっと喉で笑い、それからわずかにその皺の多い目元を細め、目を潤ませた。

確かに人間は、環境で作られる生き物だ。

あの善良な朱家当主の元で育ってきた美暁は、劣悪な環境で育ってきた凜風とは違うのかもしれない。

だが優しく強い魂の、その根底の部分は、変わっていないように感じる。

かつて凜風と美暁がやたらと重なって見えた自分の目は、間違ってはいなかったのだ。

その一方で、それを嗅ぎ分けてしまう自分の執着の強さにも慄《おのの》くのだが。

思い返してみれば、七星龍剣がなんらかの反応を示したのは、いつも美暁といる時だった。

（七星龍剣は、私に伝えようとしていたのかもしれない）

かつて愛した女がここにいるのだと。

もちろん死して後、別の人間として生まれ変わるなど、俄《にわか》には信じられない事態ではある。

だがこの国には、魂魄という概念がある。

死んだら魂魄が体から抜け、善良な者は天に昇り、悪《あ》しき者は地に堕《お》ちる。

そして、そのどちらにもならずに世を彷徨《さまよ》う者もいるという。

それなら凜風のように、新たな体を得る者もいるのかもしれない。

「では私は、この事態を収拾してまいりましょう。現在のお名前を伺っても？」

「失礼いたしました。朱美暁と申します。この前皇太子妃に内定した翠花姫の妹です」

「なるほど。では美暁様。御前を失礼いたします」

気絶した武官を引きずって、張中書令は執務室を出ていった。案外力持ちである。

二人きりになると、美暁は未だ子供のように涙が止まらない雪龍の目を、そっと指先で拭う。

「御前って。今はただの女官なのに。相変わらずですね、あの人」

くすくす笑う美暁に、また雪龍はぼたぼたと涙を流す。

指先では足りなくなったのか、美暁は袖で雪龍の顔をぐいぐいと拭った。その雑な感じも変わらず懐かしい。

それからそっと、涙が流れ続ける雪龍の頬に指先で触れた。

「――あなたが死にたがっていることは、なんとなくわかっていたんです」

雪龍はかつて、まるで脅しのように『凜風がいなければ生きていけない』とよく言っていた。

彼の凜風への想いは、恋よりも信仰に近かった。

「だから少なくとも、あなたに凜風以上に大切なものができるまでは、死ねないって思っていたのですが」

やはりそううまくはいきませんね、と美暁はため息を吐いた。

凜風はあまりにも早く、唐突に、この世を去った。

それによる喪失感は、折り合いなんてつけようがないほどに深かった。

この国にはかつて、殉死という風習があった。

皇帝が死ねば、その妃たちもまた殺され、共に埋葬される。残酷な悪習だ。

風龍さえいなければ、間違いなく雪龍は自ら殉死し、凜風と同じ墓に入ることを望んでいただろう。

「――すみません。少し、疲れてしまいました」

美暁がまっすぐに雪龍の目を覗き込む。

罪悪感からか、彼女の目を見つめ返せなくて、雪龍は目を逸らす。

「だからここで賊に討たれた風を装って自殺し、皇太子殿下に帝位を譲ろうと？」

どこか責めるような口調で問われ、雪龍の喉が思わず小さな音を立てた。

だって、それが一番良いと思ったのだ。

張中書令を始めとして雪龍を皇帝として慰留させようとする者たちも多く、風龍自身、成人したとはいえ、今すぐに帝位を継ぐことには難色を示していた。

譲位が思ったように進まず、さらには次から次へと色々な問題が起こる。

だがもう、雪龍はどうしようもなく疲れていた。

早くこの重責から逃れたいと、そして凜風の元に行きたいと。

そう、投げやりに思ってしまったのだ。

「風龍ももう成人です。一人でも大丈夫でしょう」

「……それは無責任だと思います。十六歳は、まだ子供ですよ」

美暁は困ったように、そして悲しげに笑った。

幼くして子供ではいられなかった、自分と雪龍を思い出したのかもしれない。

「かつての私も、そしてあなたも知らないのかもしれませんが。一般的に、親が亡くなると子供は嘆き悲しむものなのですよ」

人によっては、心を病んでしまうくらいに。

美暁からそう言われた雪龍は、驚いた。

雪龍にとって、親とは全くの他人と同じくらいに、どうでも良い存在だった。

凜風の手によって家が没落したという話を聞いても、親に助けを求められても、その後彼らが亡くなったと聞いても、全くもって心が動くことはなかった。

だから父親が死んだところで何も変わらず、風龍はいつも通りに過ごすだろうと、そう思っていたのだ。

――――だって自分が、そうだったから。

「皇太子殿下はあれで、陛下のことが大好きですよ。あなたが死んだら、きっとしばらく立ち直れないくらいに落ち込むでしょう。政も荒れ荒れでしょうね」

「……自分が死んでも、悲しむ人間などいないだろうと思ったのです」

「そういうところ、本当にお馬鹿さんですね。まあ、私も前の人生では似たようなことを考えていましたけど」

背中をとんとん、と叩かれ、雪龍は美暁を包んでいた腕を解く。

「かつての私も、自分が死んだところで、そんなに大したことではないと思っていたのですよ」

雪龍の赤い目を覗き込みながら、困ったように美暁は笑った。

「何故そんなことを……！」

凜風が死んで、雪龍がどれほど悲しみ苦しんだのかと、そう恨み言を言おうとして、気づく。

それと全く同じことを、今、自分は息子にしようとしていたのだと。

「凜風が死んで、あなたは嘆き苦しんだ。あなたはそれと同じ思いを、あなたを愛する人間にさせるつもりですか？」

「………」

何も言えなかった。凜風を失った自分にどんな価値があるのか、雪龍は知らなかったから。

「もちろん皇太子殿下だけではありませんよ。私だって自分のことを棚に上げて泣いて怒りますからね」

頬を膨らませた美暁の顔を、雪龍はぼんやりと見やる。

「……こうなることがわかっていたから、私を助けるためにあなたはここに戻ってきてくださったのですか？」

幸せな家庭に生まれ育った彼女が、わざわざ後宮に戻ってきた理由。

それは死にたがっている雪龍を、救うためだったのだろうか。

良い歳なのに、未だに妻に心配をかけている自分が、なんとも情けないが。

「……まあ、もちろんそれもあるのですが」

美暁は照れたように小さく雪龍の鼻の頭を指先で弾いた。かつて彼の妻であった頃のように。

「何より、あなたと風龍に会いたかったんです」

溢れ出る喜びで、雪龍の目からまたしても涙が溢れた。

「さて七星。ほら、そろそろ陛下のところに帰りなさい」

そして美暁は七星龍剣に声をかけるが、剣は美暁の手に張り付いて、離れようとはしない。

「え？　無理。だって私今皇帝じゃないし」

何やら美暁が、宝剣と話し合っている。どうやら本当に剣の言葉がわかるらしい。

七星龍剣は美暁から離れたくなくて、必死に食いついているようだ。

初代皇帝が書き残した七星龍剣についての記述によると、彼は実は寂しがり屋であるらしいので。

「まったくもう。あんまり、我儘言うと炉で溶かすよ」

美暁の血も涙もない言種に、雪龍は七星龍剣が可哀想になってしまった。

報われない感じが自分に重なるからだろうか。もう少し優しくしてあげてほしい。

「あなたが持っていてかまいませんよ。公式の場に出る時は返していただく必要がありますが、どうせ私には使えませんし」

もちろん美暁が七星龍剣を持っているということが知れれば色々と問題になるので、隠し持ってもらうことになるが。

「え？　いいんですか？　ありがとうございます！」

酷いことを言いつつも、七星龍剣が寂しい思いをしていることを察していたのだろう。

美暁は笑って、しゃらりと硬質な音を立てて剣を鞘に納めた。

「――凜風様」

「どうぞ、今は美暁とお呼びください。陛下。言葉も今までのようにお願いします。先ほど七星にも言いましたけど、私はもう皇帝ではないので」

寂しくは思うが、確かにそれが正しいのだろう。

するとその時、焦ったようにこちらに向かってくる何人かの足音が聞こえてきて、二人は警戒する。

だがその足運びから武人のものではないと判断した雪龍は、胸を撫で下ろした。

おそらくは、なんらかの報告に来た官吏たちだろう。

涙はなんとか収まったが、人前に出るには未だ目元は赤い。

だが自分の顔をまっすぐに見てくるような者は、そういないからおそらく大丈夫だろう。

「……まだ色々とお伺いしたいことはありますが、一度後宮にお戻りください。ちなみにどちらから……」

閉ざされているはずの後宮から、美暁がどうやってこの執務室に現れたのか。

ようやくその疑問にまで思考が追いついた雪龍が顔を上げると、執務机の後ろの壁に過剰な装丁を施されて飾られていた初代皇帝の書があった場所に、人がギリギリ通れるほどの小さな穴が開いていることに気づいた。

ちなみにその貴重な書は床に落ちている。礼部の官吏が見たら悲鳴を上げることだろう。

「……実はここ、後宮の四阿と繋がってるんです」

「……初めて知りました」

二十年近くこの部屋を使ってきて、初めて知った。衝撃の事実である。

道理で凜風が、あの四阿を愛用していたわけである。

どうして後宮の奥の、あんな粗末な四阿で休んでいるのかと常々不思議に思っていたのだが。

それは単に執務室からすぐに行けるから、という実に彼女らしい合理的な理由だったようだ。

「それではまた後で」

「はい。全てが片付いたら、会いに行きます」

そして美暁は初代皇帝陛下のありがたい書をぞんざいに持ち上げると、穴に入って内側から書を元通りに戻した。

なるほど、ここから抜け出していたから、凜風はよく執務中に行方不明になっていたのだろう。

その様子を見た雪龍は、随分と久しぶりに、声を上げて笑ってしまった。

◇◇◇◇

『主人ー！　主人ー！』

『はいはい。どうしたー？』

『久々に振ってもらったら、俺もうぞくぞくっと興奮しちゃって。体が疼《うず》くのでもう数人くらい、さくっと斬りません？』

『斬りませーん』

相変わらず血の気が多くて軽薄な七星に苦笑しながら、美暁は暗闇を進む。

かつてこの道は、何代か前の皇帝が、宦官や皇后に露見しないよう、当時気に入っていた若い宮女に会いに行くために密かに作らせ、以後緊急時の避難経路として、代々の皇帝に口伝で伝わっていたものなのだという。

その話を聞いた時、皇帝という至高の地位にいながらも、やはり妻は怖いものなのだなぁ、などと不思議に思ったものだった。

かつて凜風が叛乱を起こし、皇族たちを後宮に閉じ込めて兵糧攻めによる投降待ちをしていた頃、この執務室で書類仕事をしていたところ、机の背後に飾られていた初代皇帝の書という眉唾な作品の額の下から、父が転がり出てきた時には笑ってしまったが。

本来は緊急避難用の経路らしいが、便利でつい日常使いをしてしまった。

四阿まで戻ってくると、何故か翠花と風龍が隠し通路を覗き込んでいた。

「……こんなものがあったとはな」

呆れ顔で風龍が言う。代々の皇帝しか知らない、とっておきの秘密通路が知られてしまったと、美暁は苦笑いした。

「えっと、無事叛乱は鎮圧されたようです。陛下も無事です」

翠花がほっと胸を撫で下ろし、その場でぺたりと座り込んでしまった。

「もう！　突然走っていくから心配したのよ……！」

「陛下をお助けしようと思って……」

「陛下はあなたに助けてもらわなきゃいけないような方じゃないわ……！」

それが、そうでもなかったのである。

隠し通路を抜けた時、雪龍はちょうど刺客に襲われていた。

彼の手は、腰の剣に添えられていながら、その剣を抜こうとはしていなかった。

それどころか、諦めたように目を瞑ったのだ。

あれはきっと、消極的な自殺だったのだろう。

それが目に映った瞬間。美暁が、そして美暁の中にいる凜風が、怒りのあまり七星を呼んだ。

元より、成人したばかりの風龍に帝位を譲るなどと言っている時点で、怪しいとは思っていたのだ。

まさか凜風を追って、殉死しようとしていたとは。

(随分と前に廃止された悪習なのに……)

だから頭に来て、言ってしまったのだ。

死んだところで、その先に凜風はいないのだと。それはただの無駄死にであるのだと。

(本当は、私が凜風だったってことを言うつもりはなかったんだけどな……)

美暁のまま、そばに置いてほしかったけれど。それでは彼が生きていけないというのなら、仕方がない。

「……ちなみにここって、どこと繋がっているんだ?」

風龍が興味津々に覗き込みながら聞いてくる。

「……皇帝陛下の執務室ですね」

すると翠花と風龍は、二人とも驚き大きく目を見開いた。

「それは明らかに国家機密では……?」

「そうですねえ……」

紛《まご》うかたなき国家機密である。しかも代々の皇帝が口伝のみで引き継ぐくらいの国家機密だ。

「……何故そんなことを、美暁が知っているんだ？」

風龍の目に、あからさまな警戒の色と、失望の色が浮かんだ。

穏やかで優しい子であるが、どうやらちゃんと危機管理能力も持ち合わせているようで安堵する。

一方でその理由を知っている翠花が、酷く困った顔をしている。

美暁が疑われれば、彼女もまた連座で疑われてしまうからだろう。

だからといって、美暁の秘密を勝手に暴露するわけにもいかないとでも考えているのか。

（――もう、どうなってもいいや）

少々自暴自棄になっていた美暁は、もう開き直ることにした。

やはり可愛い息子にこんな冷たい目で見られてまで、守らねばならぬほどの秘密でもあるまい。

「それは私が昔、殿下の媽媽《ママ》だったからですね！」

もう雪龍に露見してしまったのだから、風龍にだって知られても良いだろう。

美暁はやけっぱちになって、明るく元気に言ってみた。

「――は？」

風龍の隣で、翠花が堪えきれずぐふっと乙女らしからぬ音を立てて吹き出したのは、彼女の名誉のため見て見ぬふりをする。

「一体何を……」

「先ほど陛下にもお伝えしましたが。実は私、殿下の母君である第十八代皇帝『奏凜風』として二十六年間生きた記憶があるんですよー」

「意味がわからぬことを申すな……！」

流石の風龍も苛立ち、口調が荒くなる。

母を、先代皇帝を馬鹿にされたとでも思っているのだろう。

そこで美暁は、先ほど雪龍から貸与された七星龍剣を取り出す。

「……それは、父上がいつも持っていらした……」

「そう、ここにありますのは皇帝たる証《あかし》、七星龍剣です。どうせ自分には使えないからと、先ほど陛下から貸与していただきました」

まるで自分なら使えるかのような物言いに、まさか、と風龍が震える。

その剣は契約者である彼の母の死後、誰も引き抜けなかったというのに。

シャンッと澄んだ金属音を立てて、美暁は容易く七星龍剣を引き抜いてみせた。

そのうっすらと虹色に輝く刀身は、明らかに人の手で打てるものではない。

それを見た風龍が、愕然とした顔をする。

「嘘だ……嘘だと言ってくれ……」

「……嘘ではないのですわ。これが」

美暁の手にある七星龍剣の輝きをうっとりと見つめながら、翠花が風龍に止めを刺した。

「それにしてもすごく綺麗ね……！　流石は神から賜った剣だわ」

「それ、若干眉唾な気がするけどね。神様なんて見たことないし、七星から聞いたこともないし」

「七星龍剣って本当に生きているの？」

「生きてるよ。とってもお喋りでさ。放っておくとずっと私の頭の中で喋ってる」

『主人！　主人！　めっちゃ綺麗なお嬢さんですね……！　これまで見てきた美女の中で三本の指に入るっす！　いやあ！　眼福！』

「……七星が翠花をめちゃくちゃ綺麗だって褒めてるよ。歴史上三本の指に入るってさ」

「まあ！　嬉しいわ！」

女二人と剣一本できゃっきゃと楽しく歓談している中、皇太子殿下は頭を抱えてしゃがみ込み、しばらく現実が見られなくなっているようだった。

「あ――――っ！」

そしてようやく叫んで立ち上がる。

「よく考えると確かに全部辻褄が合う……！　でも私の考えていた母上の想像《イメージ》が深刻的な損傷……！」

その父によく似た赤い目がうっすらと滲んでいた。どうやら彼が思い描いていた母親の想像図を、美暁はぶち壊してしまったらしい。

「お気持ちはわかります。私も初めてその事実を聞いた時は、とうとう美暁の頭がおかしくなったのかと心配しましたもの……」

言われたい放題である。美暁は生ぬるい微笑みを浮かべた。

なんでも信じてくれるのではなかったのか、親友よ。

そして美暁は、慰めるように、ポンと前世の息子の肩を叩いた。

「生きていく上では理想と現実の差を知ることも大切ですよ、殿下」

「自分で言うなぁ……！」

またしても風龍は、悲しげに頭を抱えてしまった。

「剣を貸与されたってことは、陛下もお知りになったのね？」

「うん。全て話したよ。……本当は凜風ではなく美暁のままでいたかったけれど」

美暁は、本当は『凜風』という存在を、亡くしたままにしておこうと思っていた。

実際に彼女は、もういない存在だ。

それなのに『美暁』よりも『凜風』を必要とされ、『美暁』の存在を無視されるのは嫌だ。

けれど話してしまった以上、もう彼が自分のことを『美暁』として見てくれることはないだろう。

彼の中で、あまりにも『凜風』の存在が大きかったのだ。『美暁』では太刀打ちできないほどに。

たとえ記憶を持っていようと、七星龍剣が使えようと、『美暁』と『凜風』は同一人物ではないというのに。

「十五年間、朱美暁として生きてきたでしょう。それを否定されたような気がしちゃったんだ」

するとそれを聞いていた風龍が、何やら考えるような仕草をした後、口を開いた。

た。

前世で叶えられなかった夢が突然叶って、またしても美暁の目から涙がぼろぼろと溢れてしまった。

まさかそう呼んでもらえるとは、思わなかったのだ。

美暁はその響きに、うっかりぐっときてしまった。

「ええと、母上……って呼んだ方が良いのか？　いや、よろしいですか？」

風龍が慌てふためき、翠花は落ち着いて手巾で涙を拭ってくれる。

「……ありがとうございます。ですがいつも通り美暁とお呼びください」

たった十五歳の年下の少女を、日常的に母と呼ぶのは無理があるだろう。

(息子が変態だと誤解されてしまう……！)

側《はた》から見れば倒錯したものを感じるであろうし、風龍自体の評判も落としかねない。

「ああ、そうさせてくれ。やっぱり私は美暁を母そのものだとは思えなくてな……」

申し訳なさそうに言う風龍。また、美暁の目から涙が溢れ出てしまった。

「す、すまない……！　冷たいことを言ってしまった……」

「いえ、違うんです。これまでの関係性を変えたくなかったので、むしろ嬉しくて……」

すると風龍は安堵し、それからまた口を開いた。

「父上は、美暁が母上の生まれ変わりだと知る前から、かなり美暁のことを気にしていた」

元々基本的に他人に興味を持たないはずなのに、風龍にも美暁の話をよくしていたのだという。

「まあ、それが恋愛感情かと言われると、正直自信がないが。父上の中で美暁が消えることはないと思う」

「そうよ、私もあなたはちょっと頑なだと思うわ」

翠花はそう言うと、美暁の顔を覗き込んだ。

「『どちらが』ではなく『どちらも』あなたなのよ。否定する必要はないでしょう?」

確かにそれもそうかもしれない。何かあるたびに美暁は自分の中の凜風を否定していた。

「翠花も実は人生を、何度か繰り返してるんじゃないよね?」

十五歳の少女にしては、あまりにも成熟しすぎてやいまいか。

「そんな非常識な存在はあなただけよ。そもそも精神の成熟は肉体年齢に比例しないわ」

にっこり笑って、すっぱりと切られた。最近風龍がいてもところどころ猫が剝がれている気がする。風龍は未だにそれに気づいていないらしいが。

(恋は盲目なものだしね……)

すると美暁と翠花のじゃれあいを、ぼうっと眺めていた風龍がぽつりと言った。

「……美暁。ただ一度だけでいい、私の名前を呼んでみてはくれないか?」

皇族を名前で呼ぶなど、不敬の最たるもので、普通なら許されることではない。

だがそれを許してくれると言う、優しい前世の息子に美暁は精一杯の笑顔を作る。

「……大きくなったね。風龍。生まれた時は、あんなに小さかったのに」

そう言うと、背伸びをし、かつての自分の髪と同じ手触り、同じ色をした風龍の頭を撫でた。

「母上……」

絞り出すような声で凜風を呼び、風龍の赤い目に、またうっすらと涙が浮かんだ。

もちろん美暁も、美暁の中の凜風も泣いた。そばにいた翠花もつられて泣いていた。

そしてきっとこの日のことを、美暁は生涯忘れないだろうと思った。


その後、後宮と主殿を遮断していた鉄扉は、無事開かれた。

風龍は主殿に戻り、美暁と翠花もそれぞれ翡翠宮の自らの部屋へと戻った。

私室に戻った美暁は、寝台に寝っ転がって、しばらくの間うつらうつらとしていた。

流石に疲れていたのだろう。

(今日一日で、色々なことがあったなあ……)

人生で最も濃い一日だったかもしれない。

一気に何年分も老け込んだ気がする。まだ十五歳なのに。

疲れすぎて、気がつけば随分と陽が傾いていた。

窓から赤みを増した太陽を見て、美暁は目を細める。

かつて雪龍の目の色を、夕焼けのようだと思った。美しい赤。

――凜風が、美暁が、最も好きな色。

ふと会いたいな、と思う。彼は今、どうしているだろうか。

（……多分今日は叛逆の後始末で忙しいだろうから、四阿には来ないだろうな）

気怠い頭でそう考えた美暁が、だったらもう今日はこのまま寝てしまおうと思ったところで。

「失礼いたします。入室してもよろしいでしょうか？」

部屋の扉の外から、小蘭の呼びかける声があった。

「……どうぞー」

美暁はぼうっとした頭で、入室を許可する。

「美暁様。……おくつろぎのところ申し訳ございません」

小蘭の後について入室してきたのは、先々帝からこの後宮に仕える、年老いた宦官たちだった。

「は、はい……！」

気怠そうに寝台に寝そべっていた美暁は、一気に目が覚めて慌てて立ち上がる。

（え？　なんでここに宦官たちが……？）

まだまだ続くらしい非日常に、泡を吹きそうになりながら美暁が慌てていると、宦官たちが一斉にこちらへ向けて頭を下げた。

「――今宵《こよい》、こちらへ皇帝陛下が、お渡りになります」

「……え？」

「準備をしておくように、とのご通達です」

「…………え？」

彼らは念願叶ったかのような嬉しそうな顔で、それだけを言ってほくほくと帰っていった。

「……………え？」

美暁は未だに何が起こったのか、理解ができていなかった。

そして宦官たちと入れ代わりにやってきた宮女たちが、小蘭と共に急いで部屋を整え始める。

一応美暁の部屋は下位の妃用のものであったので、なんとか体裁を整えることができた。

さらには美暁までもが洗われ、香油を塗りたくられ、最高級の絹で作られた薄衣を着せられた。

その姿を上から下まで確認した小蘭が満足げに頷き、宮女たちを連れて退室する。

一人取り残され、寝台の上に座り込み呆然としているうちに、夜の帷《とばり》が下りる。

（……え？　本当に陛下が来るの？　ここに？　なんで？）

相変わらず美暁の頭の中は混乱の極みであった。一体己の身に何が起きているのか。

しばらくして、部屋の扉が開き、本当に皇帝陛下がやってきた。

固まっている美暁を見て、ほんの少し苦笑いを浮かべる。

（ほ、本当に来た……！　私は一体どうすれば……⁉）

一応は後宮の作法も学んできたはずだが、もはやその全てが美暁の頭からすっ飛んでいた。

雪龍が美暁のいる寝台に近づき、彼女のそばに腰掛ける。

彼の重みに、きしりと寝台が小さく悲鳴を上げた。

そのまま互いに何も言わず、ただ向かい合う。

確かに雪龍は近く会いに来るとは言っていたが、それは、四阿での話だと思っていた。

まさかこんな風に正々堂々と、後宮にやってくるとは思わなかった。

「こ、こんばんは……」

沈黙に耐えられなくなった美暁は、とりあえず挨拶をしてみた。なんせ挨拶は全ての基本だ。

だがどうしようもなく、無様に声が震える。

「……こんばんは。良い夜ですね」

雪龍はまだ、敬語のままだ。ついこの前まで、なかなかにきつい言葉で罵られていたというのに。

(いや、別にそれが良いってわけではないけども……！)

どこか線を引かれてしまったようで、寂しい気持ちになるのは、仕方のないことだ。

「陛下は今日、どうしてここに……？」

「来てはいけないのでしょうか？」

「いや。いけないことはないと思うんですが。周囲に誤解されますよ」

息子の妃候補を奪った、もしくは皇太子妃の女官に手を出した、または娘のような年齢の若い女に狂った等々。

美暁が指折り数えて警告すると、雪龍は笑った。

「全て本当のことなので、別に気にしませんが」

「そうですね……って何一つ合っていませんが⁉」

一瞬同意しかかったが、いや違うだろうと美暁は正気に戻った。雪龍の押しの強さがすごい。

「美暁。あなたを私の妃にします」

「……はい？」

求婚された。しかも確定したこととして言われた。

確かに皇帝である雪龍がそう決めてしまえば、しがない一女官に過ぎない美暁に断る術はないのだが。

事態があまりにも急転直下だ。今日一日色々なことがありすぎて、美暁は心身共に限界である。そろそろ勘弁してほしい。

「ちなみに皇后から始まり四人の妃に九人の嬪、さらにその下に二十七世婦まで、全て空いておりますのでどれでも好きなものをお選びください」

「しかも何その投げ売りな状況……！」

好きな位を選ばせてくれるらしい。妃の地位がそんな適当で良いのだろうか。

「まあ、どれを選ぼうが、同じです。どうせ私の妃はあなただけなので」

まっすぐな目で愛おしげに言われ、大人の男の魅力に美暁の頭はクラクラした。

明らかに初心な美暁の許容量を超えている。年上の男って怖い。

「ちょ、ちょっと、考えさせてください……！」

だがどうしてだろう。ずっと欲しかった視線で、ずっと欲しかった言葉なのに。

――嬉しいはずなのに、それ以上に悲しい。

「ですが私がここで一夜を過ごした以上、もう逃げられませんよ」

確かにこうして皇帝が部屋に渡ってきてしまった以上、美暁がどの位かはともかく雪龍の妃になるのは確定だ。

いよいよ本格的に悲しくなってきてしまって、美暁は目を潤ませた。

「……妃になりたいと押しかけてきたのは、あなただったかと」

ほんの少し、不服そうに雪龍が唇を尖らせた。

「それはそうなんですけど！　私が凛風の記憶を持っているとわかった瞬間に、手のひら返したようにこの状態なのが嫌なんです！」

それではあまりにも、美暁が報われなくて可哀想ではないか。

「自分自身も未だ前世に引っ張られている自覚はありますが！　美暁としてちゃんとあなたのことが好きなんです……」

とうとうぽろぽろと涙をこぼし始めた美暁をじっと見て、雪龍は一つ深いため息を吐いた。

「……その答えになるかはわかりませんが。凛風様を失ってから、私はずっと死ぬことばかりを考えて生きてきました」

美暁の胸が、罪悪感で焼けた。顔を歪ませる美暁を、雪龍はうっすらと笑って見つめる。

「だから風龍に帝位を引き渡したらすぐに、凜風様の後を追って殉死するつもりだったのです」

それで、凜風との約束を果たしたことになると、そう思ったのだと。

「……そんなことをしたら、死んでも許さない」

美暁の口から、思った以上に冷たい声が出た。雪龍は困ったように笑った。

「ええ、もちろんあなたが今目の前にいるのに、もうそんなことはしませんよ」

そして雪龍は手を伸ばし、美暁の頭を優しく撫でた。

「ですが先ほど死の間際に思い出したのは、凜風様の顔ではなく、何故か美暁、あなたの顔でした」

美暁は大きく目を見開いた。雪龍は言葉数はそう多くないし、都合の悪いことは黙っているが、偽りは口にしない。

前世凜風として彼と過ごした日々で、美暁はそれを知っていた。

「少しだけ、死にたくないと思いました。あなたや風龍の未来を見てみたかったと」

「…………」

また涙が溢れてきた。今度は、違う意味で。

雪龍の心の中に、ちゃんと美暁も存在したのだ。

「美暁。諦めて私の妃になってください。これから先悠々自適な隠居生活を送って、一緒に老いていきましょう」

私の老後の世話をしてくれるんでしょう？　そう言って、当時の美暁の言葉を思い出したのか、雪龍が堪えきれないとばかりに小さく吹き出して笑った。

その笑顔に、美暁の心がキュッと締め付けられる。

彼の貴重な笑顔を見るたびに、美暁の心はあっという間に昇天してしまうのだ。

「私は、生まれ変わってもあなたと結婚したくて、こんなところまで来ちゃったんですから……！」

よって答えはもちろん是《はい》に決まっている。

一緒に老人になって、やがて死が二人を別《わか》つまで。

前世では忙しすぎてできなかったことを、たくさんするのだ。

美暁は雪龍に勢いよく抱きついた。すると大好きなあの香の香りが鼻をくすぐる。

雪龍もまた、美暁をしっかりとその両手で抱きしめてくれる。

美暁の心臓がドキドキと激しい音を立て、顔に熱が集中する。

「そ、それにしても、ここまで一気に早業ですね……」

照れていることを誤魔化すために、美暁が揶揄うようにそんなことを言えば、雪龍は少々バツの悪そうな顔をした。

「正直躊躇していたんです。今のあなたはまだ十五歳で、私とは親子ほどに歳が離れている。いずれ妃にするにしても、もう少し長期戦で考えていたのですが。……逃げられる前にとっとと縛りつけてこいと張中書令と風龍から発破をかけられまして」

その様子が目に浮かぶようだと、美暁は思った。

彼らは美暁を、というよりは雪龍を逃したくないのだろう。

彼が三十代半ばで隠居するのは、確かに国家的な損失であると、正直なところ美暁も思う。

「どうやらしばらく譲位はできそうにないですね……」

美暁の言葉に、雪龍は「何故?」と不思議そうな顔をした。

どうやら相変わらず、早々に引退する気満々であるらしい。

だからどうか可哀想な息子に、もう少し手心を加えてやってほしい。

成人早々皇帝位を押し付けるなど、なんという無茶振りか。

「早く大人にならざるを得なかったかつての私やあなたと、風龍は違うのですよ」

彼は愛されて育った子だ。その手を離すのは、やはりまだ早い気がする。

「もう少し、ゆっくりと、事は進めてあげてください」

今生は愛されて育ったからこそ、わかることがある。すると雪龍はほんの少し肩を落とした。

少し可哀想になって、美暁は手を伸ばし彼の頬を撫でる。それから指の腹でかつてはなかった彼の目元のわずかな皺にそっと触れた。

「それにしても、随分と年齢差が開いてしまいましたね……」

かつては雪龍より凜風の方が七歳年上であったのに、美暁となった今では二十歳も年下だ。

それについては雪龍も思うところがあるのだろう。困ったような顔をして眉を下げる。

「こんな年上の中年男は嫌ですか？」

「いえ、渋くて大変良きかと思います。ですが、陛下は年上の女性がお好きなのではないのですか？」

するとじとりと雪龍から恨みがましい目で見られる。

「……年上が好きというよりも、私はあなたたちを愛しているのですよ」

言っていて照れてしまったのだろう。彼の耳が真っ赤になっている。

それを見た美暁は思わず、弾けるように声を上げて笑ってしまった。

今日も、いくつになっても、雪は可愛い。

「私もあなたが好きです。前世は年下好きだったのに、今世はあなたのせいで年上好きになってしまいました。責任取ってくださいね」

凛風も美暁も、年上であろうが年下であろうが、雪龍であればそれでいいのだ。

「……確かに。あなたなら幼妻も悪くないですね」

くつくつと、雪龍が喉で笑った。

「さて、それではそろそろ寝ましょうか。美暁も疲れているでしょう」

その言葉に、美暁は小さく飛び跳ねる。

もしやこのまま、あんなことやそんなことを前世ぶりにしてしまうのだろうか。

そのまま抱き上げられ、寝台にそっと横たえられる。

心臓がばくばくと、破裂しそうなくらいに激しく打ち付けている。

（ど、どうしよう……！　久しぶりすぎて何が何やら……！）

すると雪龍は、美暁の体の肩の方までしっかり暖かな寝具をかけて、その隣に寝転んだ。

そして、美暁の頭を小さな子供を寝かしつけるように、優しく撫で始めた。

「……？」

想定外の事態に、美暁は内心首を傾げる。

一体いつから色っぽい展開になるのだろうと、緊張しつつ待ってみたが、一向にその気配が訪れない。

雪龍は相変わらず幸せそうに、美暁の頭を撫でているだけだ。

「あのー……。そのー……」

居た堪れなくなり、とうとう美暁は疑問の声を上げた。

すると雪龍は、彼女が何を言いたいのか察したのだろう。安心させるように微笑んで口を開いた。

「私はあなたと同じく、子供をそういった対象にするつもりはないので」

「……!?」

「しばらく手を出すつもりはありません。安心して寝てくださいね」

そう言って、その後本当に一刻も経たずに、雪龍は寝息を立て始めた。

どうやらやはり小娘は、対象外であるらしい。

「…………」

前世の夫の真っ当ぶりを喜ぶべきか、それとも子供としてしか見てもらえない自分を嘆くべきか。

結局美暁は一人、悶々と眠れぬ夜を過ごす羽目になったのだった。

エピローグ　私たちの幸せな隠居生活

「朱貴妃様！　本当にその格好でよろしいのですか……？」

美暁が胡服を着て上から女性物の衣を羽織り、そのまま部屋を出ようとすると、小蘭が心配そうに声をかけてきた。

「うん。大丈夫。多分こっちの方がむしろ安心すると思う」

「そうなのですか？　それならば良いのですが……」

美暁の答えに、小蘭は少々不服そうだ。

なんせこの後宮で、皇后に次ぐ四夫人で正一品の貴妃という地位にありながら、皇帝および皇太子夫妻の許可のもと、美暁はほとんどの時間を男性用の袍や胡服を着て過ごしている。

よって美暁付きの小蘭としては、常に物足りなさを感じており、今日こそは主人を綺麗に着飾らせられると気合を入れていたのだろう。

ちなみに雪龍から好きな妃の位を選べと言われたので、美暁はかつてこの国に息子の妻を寝取って己の貴妃の位につけ、さらには彼女に溺れるあまり国を傾けた阿呆な皇帝がいたことにあやかり、貴妃を選んでみた。

なんせ雪龍が「息子のために集めた妃候補の娘の一人に一目惚れした」などと馬鹿正直に公にしたので、それに乗っかってみたのだ。

翠花と風龍には悪い冗談が過ぎると呆れられたが、雪龍は腹を抱えて笑っていたので良しとする。

まあ、人間多少愚かな面がある方が、面白いというものだ。

それまであまり生きた人間味のなかった雪龍が、突然親子ほどに歳の離れた娘にのめり込み、現《うつつ》を抜かしているという現状を、臣下たちに「ああ、この人も人間だったのだな」としみじみと生ぬるい目で見られているのが何やらおかしい。

「ごめんね、小蘭。今度宴とかがあった時はちゃんと着飾るから」

見るからにしょんぼりしてしまった小蘭を覗き込み、優しく声をかければ、彼女は顔を真っ赤にして俯いてしまった。

実際のところ、現在奏国の後宮では宴などほとんど開かれないのだが。

なんせこの後宮には皇帝の貴妃である美暁と、皇太子妃である翠花しかおらず、二人が住む翡翠宮以外閉鎖されているのだ。宴など開きようがない。

「あらまあ、美暁ったら。またいたいけな少女を誑《たぶら》かして。悪い女ね」

呆れたような声で背後から話しかけられて振り向けば、そこには麗しき皇太子妃、翠花がいた。

本人も輝いているし、身に纏っている衣装も宝飾品も皇太子妃に相応しくきらっきらである。

そんなに派手なのに、品の良さまで漂わせているのだから、とんでもないお方である。

「酷いなあ、誑かしてなんかないよ」

そんな人を悪い女衒のように言わないでほしい。

すると翠花はまた呆れたようにため息を吐いた。

「あなたって存在自体が若い女の子に毒なのよ。あなたに慣れると現実の男が霞むもの。罪深いことね」

「そんなつもりはないのに……！」

実際男装で女ばかりの後宮内を練り歩いているためか、今や美暁に対する宮女たちの人気は凄まじいものがある。

いつも黄色い悲鳴で歓迎されている。もちろん美暁も調子に乗って、彼女たちに愛嬌《あいきょう》を振り撒《ま》いているのだが。

まあ、女性の方が女性の理想を具現化しやすいものなのだろう。

親友と顔を見合わせて、笑い合う。そして寄り添って主殿に向かい歩き始めた。

本来なら、妃が移動する際は宮女たちをぞろぞろと引き連れていくものらしいが、面倒なので断っている。

どうせここには二人しかいないのだ。権威を見せつけねばならないような相手もいない。

「春だねえ」

庭園にある梅の花に、美暁は目を細める。今日は待ちに待った日だ。

ずっと庭園の花が咲くのを、心待ちにしていたのだ。

「皆様お元気かしら……？」

「心配しなくても、すぐ会えるよ」

「それもそうね」

そう、今日は年に一度、後宮で暮らす女たちが家族に会える日なのだ。

今日は遠く西の地から、わざわざ美暁の両親と翠花の父が、娘に会うために皇宮に来てくれているらしい。

その手紙を両親から受け取った時、美暁は喜びのあまりその場でくるくると舞い踊り、涙を浮かべたために、夫である雪龍を心配させてしまった。

『美暁のように、子は本来親を慕うものなのだな』

最近ようやく敬語が取れてきた雪龍が寂しそうに言うので、美暁はがばりと抱きついて、さらにわんわんと泣いてしまった。

誰からも愛されることなく育った寂しい子供時代の彼の姿を、思い出してしまったからだ。

『風龍だってもちろんあなたのことを大切に思っていますよ。私があの子にどれだけあなたのことを相談されたと思っているんですか？』

もちろん自分だって雪龍のことが大好きで大切なのだと伝えれば、彼は嬉しそうに滲むような笑みを浮かべた。

あの痩せこけた子供が今、家族に愛され、多くの人に必要とされながら生きていることが、本当に嬉しい。

「それにしても、もうここに来て一年かあ……。時間の流れは早いね」

「何を年寄りじみたことを言っているのよ」

「実際に中身が年寄りだから、仕方ないよ」

「はいはい。それにしても浩然様もこんなことになって、驚かれたでしょうね……」

「うん。皇帝陛下からの使者に話を聞いて、白目を剝《む》いてぶっ倒れたらしいよ……」

「二人とも、だものね……」

なんせ後宮へ送り出した朱家の二人の娘のうち一人は皇太子妃となり、もう一人は現皇帝の貴妃になったのである。

己の手に余るとんでもない事態になってしまったと、目を回したようだ。

「父様、絶対翠花にしか期待してなかったと思うよ……。私には揉め事を起こさなければそれでいいと思っていたと思う」

「美暁ったら、まさかの大金星ね」

「…………まあね」

これをきっかけにして、二人の父である朱浩然は中央政治に乗り込んでくるだろうと思われていたようだが、本人は中都督の地位で十分だと言って、地方官吏のまま、領地から離れることはなかった。

そのあまりの欲のなさに、皆が驚き、安堵し、聖人君子だなんだと父のことを讃えている。

だがまあ、本当にただ単に中央に行くのが怖くて面倒くさかっただけだろうな、などと娘は考えている。

彼は足るを知る人なのだ。今でも十分幸せで、無理をしてまでそれ以上を望んでいないのだろう。

本来ならば、年一回の面会は主殿の大殿堂で行われるものなのだが、現在の後宮の主人はたったの二人である。

宮女や女官を入れても百人足らずだ。よってこぢんまりとした来賓室があてがわれた。

気兼ねなく家族と過ごせるよう、雪龍と風龍が気を遣ってくれたのだろう。

「美暁……！　翠花……！」

入室した瞬間、美暁の両親と翠花の父がその目に涙を浮かべた。相変わらず朱一族はやたらと涙もろいらしい。

もちろん美暁の目からも、滂沱の涙が溢れている。

すぐに両手を広げ父と母に抱きつく。後宮で楽しく過ごしていたけれど、それでも両親が恋しくなかったわけではない。

「……皇帝陛下の妃にもなった娘がはしたないぞ」

などと言いつつ、父はおいおい泣きながら小さな子供の頃のように美暁を抱きしめた。

ひとしきり泣くだけ泣いて、再会を喜び合って、それから美暁と翠花はこの一年あったことを、前世云々は綺麗に省いて両親に話した。

最初は楽しそうな顔をしていた彼らであったが、次第に顔色をなくし、最後には真っ青になっていた。

「……よく生きていられたものだ、としか言いようがない……」

「えー。だから皇帝陛下は優しい方だから大丈夫って言ったじゃないですか」

「そんなの信じられるわけがないだろう……！　しかもやっぱり色々やらかしているじゃないか……！　反省しろこのじゃじゃ馬娘！」

頭を抱えてしまった父に申し訳ないと思いつつ、久しぶりの叱責が嬉しい。

そんなことを言ったら余計に怒らせてしまいそうなので、心の中に留めておくが。

「だがお前のその姿を見る限り、陛下や殿下に大切にされているようだな」

父は涙に濡れた目を安堵に細めた。

相変わらず美暁は、実家にいた頃のように男装している。

それはつまり、皇帝陛下が美暁の意思を尊重しているということで。

(ほらね、喜んでもらえた)

両親はどこか風変わりな娘を、大切にしてくれた。

そしてそんな風変わりな娘を、同じように皇帝陛下が大切にしてくれていることに、安堵しているのだろう。

父と母の愛を感じ、美暁は思わずまた強く抱きついてしまった。

楽しい時間は光の如く過ぎてしまうもので、あっという間に面会終了の時間となってしまった。

次に彼らと会えるのは、また一年後だ。

「次に会う時は、あなたたちも媽媽《ママ》になっているかもしれないわね」

なんて嬉しそうに母が言うので、美暁は遠い目をしそうになるのを必死に堪えて笑みを作った。

ちなみに翠花は「そうかもしれませんね」と艶やかに微笑んでみせた。

愛されている女の余裕である。羨ましいだなんて思っていない。少ししか。

後ろ髪引かれる思いで来賓室を出て後宮へ向かっていると、主殿と後宮を繋ぐ通路に、二人の男が立っていた。

「……何をなさっておられるのですか？」

美暁は思わず、若干冷たい声を出してしまった。

そこにいたのはこの国の皇帝陛下と皇太子殿下であった。

公務はどうした、と思ったが、親子揃って何やら捨てられた子犬のような顔をしているので、何も言えなくなってしまう。

「まあ！　風龍様！　迎えに来てくださったのですね！」

すると翠花が風龍の元へ走り寄り、上目遣いで彼の目を見つめ嬉しそうに笑う。

「…………」

どうやらそれが女性として正しい対応であったようだ。失敗した。これが女子力の差である。

そして前世の息子と今生の親友夫婦はそのままイチャイチャしながら去っていった。

（素直に羨ましい……！）

そしてその場に残されたのは、熟年夫婦でもあり新婚夫婦でもある美暁と雪龍である。

「どうなさったんですか？」

美暁は翠花の真似をして、可愛らしく上目遣いで聞いてみる。今更感は気にしてはいけない。

「……すまない。里心がついて、家に帰りたいなどと言われたらどうしようかと考えていた」

すると雪龍はわずかに耳を赤くして、鼻の頭を指先で軽く掻きながらそんなことを言った。

「…………」

（ちょっと！　可愛いが過ぎるんですけど……！　なんなのこの中年……！）

どうやら父と子は、今回の面会で心配になってしまったらしい。

そして二人していそいそと妃を迎えに来たというわけだ。

「……大丈夫ですよ。私は一生あなたのそばにいますから」

「……そうか」

ほんの少し頬を緩め、雪龍は嬉しそうに美暁の手を引いて歩き出した。

「ですから、そろそろ私をちゃんと妻にしてくださいよう！」

美暁が雪龍の妃になって、半年以上が経つ。だが美暁は相変わらず名だけ貴妃である。

大人が子供に手を出すわけにはいかないと、相変わらず雪龍は美暁に一切手出ししないのだ。

大体ほぼ毎日同じ寝台で寝ているというのに、何も起こらない。

相変わらず子供のように寝かしつけられ、その手管にやられて美暁は毎日彼より先に寝てしまい、寝込みを襲うこともできない。

流石は男手一つで息子を育てた男である。

刺客を警戒し、国が安定した風龍が六歳の頃まで、同じ寝台で寝ていたという。よって寝かしつけの極意をよくわかっているのだ。

往生際の悪い夫に、美暁は不満を漏らす。

「……そなたはまだ子供だろう？」

「もう十六歳です！　言っておきますが、私の年齢での結婚は、この国で全くもって普通ですからね！」

すると雪龍が困ったように眉を下げ、美暁の頭をよしよしと撫でる。完全なる子供扱いである。

地肌を滑るその指先の感覚は、最高ではあるが。

「まだ早いな。もう少し待ってくれ」

「だから何故⁉」

もしや、これは散々若かりし彼を子供扱いし続けた凜風に対する、前世の恨みを晴らされているのだろうか。

「言っておきますが、待つのは十八歳までですからね……！」

それはかつて凜風が、夫である彼を待たせた年月だ。

確かにそれくらいは待つ義務が、美暁にはあるかもしれない。

「ああ、それまでには引退して、共に隠居生活を送ろう」

やはり雪龍は早期引退を諦めていないらしい。

少々息子と親友が不憫《ふびん》だが、まあ、元々優秀な二人だ。それにあと二年もあるので、なんとかなるだろう。

もちろん若干前世の意趣返しもあるだろうが、確かに今皇帝陛下に子供ができれば、まただごたごたと面倒なことが起きる可能性がある。

雪龍はそのことを危惧しているのかもしれない。

だが譲位してしまえば、持ち上げてくるような人間も減るだろう。

その後に待つのは、ただただ幸せな隠居生活だ。

「引退したら、旅に出たいです！」

「いいな。ぜひ行こう。この国を実際に見て回ろう」

なんせお互い皇帝というこの国で一番高い地位にありながら、この国のことをあまり知らないのだ。

もちろん書類上の情報としては知っているが、この目で見て回りたい。

「それから二人でのんびり過ごしたいです！」

「いいな。ぜひ一日なんにもしないで過ごそう」

できるなら日がな一日、二人で寝台でゴロゴロしながら過ごしたい。

お互い皇帝というこの国で有数の忙しい職業に就いていたせいで、これまで休む暇もなかったのだ。

「楽しみですね……！」

これまでできなかった色々なことを、全てやろう。今度こそ自分たちのためだけに生きよう。

そして共に幸せに年老いて、今度は美暁が雪龍を看取るのだ。

隠居生活を色々と妄想していたら、美暁は楽しくなってきてにやにやと笑ってしまった。

そんな彼女を見て、雪龍もまた幸せそうに笑う。

そして彼女の腰を引き寄せると、その柔らかな頬にそっと口付けを落とす。

「ふぎゃ！」

不意をつかれた美暁は思わず色気のない声を上げてしまい、雪龍が声を殺して笑う。

どうやら揶揄われているらしい。だが美暁をただの小娘だと思って舐《な》めてもらっては困る。

むっとした美暁は背伸びすると、雪龍の首に腕を絡める。

そして体重をかけて強く引き寄せると、その唇を己の唇で塞いでやった。

まさか唇を奪われるとは思わなかったのだろう。雪龍の白い頬に朱が走る。

「……仕返しです」

ちゅっとわざとらしく音を立てて唇を離すと、若い頃のようにしどろもどろになった夫を見て、美暁は声を上げて笑った。

あとがき

初めまして、こんにちは。クレインと申します。

このたびは拙作『はねっかえり女帝は転生して後宮に舞い戻る～皇帝陛下、前世の私を引きずるのはやめてください！～』をお手に取っていただきありがとうございます。

今作は、私の初めての中華風ファンタジーです。

これまで二十作以上色々と小説を書いてまいりましたが、意外にも一度も中華風ファンタジーを書いたことがありませんでした。

前々から書いてみたいとは思っていたのですが、なかなか機会が得られず、思わずX(旧Twitter)にて書きたーい！　と叫んでみたところ、Jパブリッシング様から「うちで書いていいよ」とお優しい言葉をかけていただきまして、今作は生まれました。担当編集様には感謝しかございません。

そしてついでに大好きな転生モノにして、さらに大好きな男装まで絡めまして、私の大好きなものの盛り合わせにしてしまいました。

執筆中調べることがあまりにも多く、途中何度も投げ出したくなりましたが、無事こうしてなんとか形になり、ほっとしているところです。

もちろん今作のモデルにした中国王朝はありますが、あくまでもこれは異世界ファンタジーです。

実際の歴史とは全く異なりますし、私のオリジナルな設定も多々ございます。

違う星の話として、猪突猛進ヒロイン美暁と、後ろ向き執着ヒーロー雪龍のとぼけたやりとりをふわっと楽しんでいただけますと幸いです。

さて最後になりますが、この作品に尽力していただいた方々へ、お礼を述べさせてください。

イラストをご担当いただきました鈴ノ助《すずのすけ》先生。いただいた表紙のあまりの美しさに、魂が抜けるかと思いました。元気で可愛い美暁と麗しい雪龍をありがとうございます！

担当編集様。今回も多大なるご迷惑をおかけいたしました。いつも細やかにご対応いただきありがとうございます。次回はご迷惑をおかけしないようにしたいです……。

校正様、デザイナー様他、この作品に携わってくださった全ての皆様、ありがとうございます！

締め切りが近づくたび、家事育児を一手に引き受けてくれる夫、ありがとう！

そしてこの作品にお付き合いくださった皆様に、心よりお礼申し上げます。

この作品が、皆様の日々の気晴らしになれることを願って。

クレイン

はねっかえり女帝は転生して後宮に舞い戻る
～皇帝陛下、前世の私を引きずるのはやめてください！～

著者　クレイン　© CRANE

2024年4月5日　初版発行

発行人　藤居幸嗣

発行所　株式会社 J パブリッシング
〒102-0073　東京都千代田区九段北3-2-5 5F
TEL 03-3288-7907　FAX 03-3288-7880

製版所　株式会社サンシン企画

印刷所　中央精版印刷株式会社

ISBN：978-4-86669-660-7
Printed in JAPAN